小学館文庫

鴨川食堂

柏井 壽

JN224119

小学館

目次

鴨川食堂

第一話　鍋焼きうどん

1

東本願寺を背にした窪山秀治《くぼやまひでじ》は、思わずトレンチコートの襟を立てた。寒風に枯葉が宙を舞う。

「比叡颪《ひえいおろし》か」

信号が青に変わるのを待ちながら、窪山は両眉を八の字にした。

〈京の底冷え〉という言葉どおり、真冬の京都盆地には三方の山から寒風が吹き下ろす。窪山が生まれ育った神戸でも六甲《ろっこう》颪が吹き渡るが、寒さの質が違う。

正面《しょうめん》通を歩きながら、遠くに目を遣《や》ると、東山の峰々が薄《うっす》らと雪化粧していた。

「すんません。この辺に食堂ありませんか。『鴨川《かもがわ》食堂』という店なんですが」

赤いバイクにまたがる郵便局員に窪山が訊《き》いた。

「鴨川さんのお宅なら、その角から二軒目です」

郵便局員は至極事務的に、通りの右側を指した。

通りを渡った窪山は、しもた屋の前に立った。

店の体《たい》をなしていない二階建てのしもた屋には、かつて看板とショーウィンドウがあったようだ。外壁に二箇所、白いペンキが四角く乱雑に塗られている。とは言え、空き家のような寂寞《せきばく》感はなく、人の温《ぬく》もりを持つ、現役の店らしき空気に包まれている。

無愛想な構えで遠来の客を拒んでいる一方、辺りに漂う飲食店特有の匂いが客を誘うようでもあり、中からは談笑の気配が漏れて来る。

「流《ながれ》らしい店やな」

窪山はかつての同僚、鴨川流と過ごした日々を思い出していた。今は共にリタイアしているが、先に職を辞したのは後輩の流の方だった。

店を見上げて、窪山がアルミの引き戸に手をかけた。

「いらっしゃ……窪山のおっちゃんやんか」

丸盆を持ったまま、こいしの顔が固まった。

流のひとり娘であるこいしを、窪山が初めて見たのは、まだ赤子だったころだ。

「こいしちゃん、ますます、べっぴんさんになったな」

窪山がコートを脱いだ。

「秀《ひで》さんやないですか」

聞きつけて、厨房《ちゅうぼう》から、白衣姿の鴨川流が出て来た。

「やっぱり、ここにおったんか」

目を細めて窪山が、流に丸い笑顔を向けた。

「よう見つけてくれはりましたな。ま、どうぞお掛けください。汚い店ですけど」

流が手拭《てぬぐ》いでパイプ椅子の赤いシートを拭いた。

「俺の勘もまだ衰えとらんな」

かじかんだ指に息を吹きかけて、窪山が腰かけた。

「何年ぶりですやろ」

流が白い帽子を取った。

「奥さんの葬式以来と違うかな」

「その節はありがとうございました」

流が一礼すると、こいしがそれに続いた。

「なんぞ食わしてくれんか。ごっつ腹が減っとるんや」

若い男性客が丼《どんぶり》を掻《か》き込んでいるのを横目にして、窪山が言う。

「初めてのお客さんには、おまかせを食べてもろてますのやが」

流が言った。

「それでええ」

窪山が流と目を合わせた。

「すぐに用意しますわ。ちょっとだけ待っとってください」

帽子をかぶって流が背を向けた。

「鯖《さば》はアカンで」

窪山が茶を啜《すす》った。

「わかってますがな。長い付き合いですさかい」

振り向いて、流が言った。

窪山が店の中をぐるりと見渡す。厨房との境にある五つのカウンター席には男性客がただひとり。四組のテーブル席に客はいない。壁にもテーブルにも品書きと思《おぼ》しきものはない。柱時計は一時十分を指している。

「こいしちゃん、お茶をお願い」

男性客が空《から》になった丼をテーブルに置いた。

「浩《ひろ》さん、もうちょっとゆっくり食べんとアカンよ。消化に悪いやんか」

こいしが清水焼《きよみずやき》の急須《きゅうす》を傾けた。

「その様子やと、まだヨメには行っとらんみたいやな」

窪山が浩と呼ばれた男とこいしを交互に見た。

「高望み、っちゅうやつやと思いまっせ」

盆に載せて料理を運んで来た流を、こいしがにらみつけた。

「えらい、ごっつおやないか」

窪山が目を見張る。

「ご馳走《ちそう》てなもんやおへん。今の流行《はや》り言葉で言う、〈京のおばんざい〉ですわ。昔はこんなもん、人さまからお金をいただいて出すようなもんやなかったんですけどな。秀さんはきっと、こういうのを食べたいんやないかと」

盆から小鉢や皿を取り、流が次々とテーブルに並べる。

「ずばりや。流の勘も衰えとらんがな」

皿を目で追う窪山に、流が言葉を加えてゆく。

「あらめとお揚げの炊いたん。おからのコロッケ。菊菜の白和《しらあ》え。鰯《いわし》の鞍馬煮《くらまに》。ひろうす。京番茶で煮た豚バラ。生湯葉の梅肉和え。それに、こいしが漬けとる、どぼ漬けです。どれも大したもんやおへん。強いて言うたら、固めに炊いた江州米《ごうしゅうまい》と、海老芋《えびいも》の味噌汁《みそしる》が一番のご馳走やと思います。ゆっくり召し上がってください。味噌汁には粉山椒《こなさんしょう》をたっぷり振ってもろたら、身体《からだ》が温《あっ》たまります」

流の言葉にいちいちうなずき、窪山は目を輝かせる。

「おっちゃん、熱いうちに」

こいしに急《せ》かされて、窪山は粉山椒を振ってから、味噌汁の椀を手にした。

先に汁を啜ってから、海老芋を口に入れる。嚙《か》みしめて、二度、三度窪山がうなずく。

「ほっくりと旨《うま》いなぁ」

薄手の飯茶碗を左手に持った窪山は、迷い箸をしながら、次々と小鉢に手を伸ばす。

タレの染みた豚バラを白飯の上に載せ、口に運ぶ。嚙みしめると、口の端《は》に笑みが浮かんだ。サクッと衣を嚙みくだき、おからを味わう。ひろうすを舌に載せると薄味の煮汁が滲《にじ》み出て来て、唇から溢《あふ》れる。窪山は箸を持った手で顎《あご》を拭った。

「ご飯、お代わりしましょか」

こいしが丸盆を差し出した。

「こんな旨いメシ、久しぶりや」

相好《そうごう》を崩して窪山が、茶碗を盆に載せた。

「たんと召し上がってくださいね」

盆を持って、こいしが厨房へ駆け込んだ。

「こんなんで、よろしおしたかいな」

こいしと入れ替わりに出て来た流が、窪山の横に立った。

「大したもんや。わしと一緒に地べたを這《は》いまわってた人間が作った料理やとは思えん」

「その話は堪忍してくださいな。今は、しがない食堂のオヤジですさかい」

流が目を伏せた。

「窪山のおっちゃん、今は？」

茶碗にこんもりと飯を盛り付けて、こいしが差し出した。

「一昨年《おととし》、定年になってな。今は大阪の警備会社で役員をしとる」

　窪山が艶々《つやつや》の白飯に目を細めて、箸をつけた。

「天下りっちゅうやつですがな。よろしいやないか。けど、昔とちょっとも変わってはりまへんな。相変わらず鋭い目付きや」

　流が窪山と目を合わせて笑った。

「菊菜の苦みがよう効いとる。京都ならではの味やな」

　窪山は、菊菜の白和えを飯に載せてさらえた後、どぼ漬けの胡瓜《きゅうり》に歯を鳴らした。

「よかったら茶漬けにしてください。鰯の鞍馬煮も載せてもろて。こいし、熱いほうじ茶を」

　流の言葉を待っていたように、こいしが万古焼《ばんこやき》の急須を傾ける。

「京都では鞍馬煮と言うんか。山椒の実と一緒に煮たもんを、わしらの方では有馬煮《ありまに》と言うんよ」

「お国自慢っちゅうやつですかな。鞍馬も有馬も山椒の名産地ですさかい」

「知らんかったわ」

　こいしが言った。

　さらりと茶漬けを食べ終えた窪山は、楊枝《ようじ》を使って、ひと息吐《つ》いた。

カウンター席の右手横には藍地の暖簾《のれん》が掛かり、厨房への出入口になっている。流が出入りする際に垣間見《かいまみ》ると、厨房の一角には畳敷きの居間が設《しつら》えてあり、壁際には立派な仏壇が鎮座していた。

「ちょっとお参りさせてもらえるか」

奥を覗き込んだ窪山を、こいしが仏壇に案内した。

「おっちゃん、なんか若返ったんと違う？」

両肩に手を置いて、こいしが窪山の顔をぐるりと見回した。

「からかいなや。おっちゃん、もう六十を越えたんやで」

線香を上げて、窪山が座布団を外した。

「ご丁寧にありがとうございます」

仏壇を横目で見て、流が頭を下げた。

「流が仕事しとるのをじっと見守ってくれてはるんやな」

膝をくずして、窪山が厨房に立つ流を見上げた。

「しっかり見張られてるんですがな」

流が笑った。

「けど、流が食堂の主人におさまってるとは、思いもせなんだで」

「それを今訊こうと思うてましたんや。どうしてうちの店を?」

流が居間に腰かけた。

「うちの会社の社長はえらいグルメでな、『料理春秋』の愛読者なんや。役員室にもバックナンバーが積んであって、そこに出てた広告を見て、ピンと来た」

「さすが〈マムシの窪山〉ですな。連絡先も何も書いてない、あんな一行広告で、わしの店やと気付いて、ここまで辿《たど》り着かはるやなんて」

感心したように、流が首を左右にかたむけた。

「流のことやさかい、何ぞ考えがあるんやろうが、もうちょっと分かりやすい広告にしたらどないやねん。あんな広告でここまで辿り着けるのはわしぐらいやで」

「それでええんですわ。そないようけ来てもろたら困りますねん」

「相変わらずおかしなやっちゃ」

「ひょっとして思い出の味を捜してはるん?」

流の傍らに立って、こいしが窪山の顔を覗き込んだ。

「まぁ、そんなとこや」

窪山が口の端で笑った。

「今もお住まいは寺町の方で?」

立ち上がって、流が流し台に向かった。

「ずっと変わらんと十念寺《じゅうねんじ》のそばに住んどる。毎朝、賀茂川を歩いて出町柳《でまちやなぎ》まで行って、そこから京阪や。会社は京橋にあるさかい便利やで。それにしても正座が辛《つろ》うてな。この歳《とし》になると、足が言うことをきかんわ」

顔をしかめた窪山はゆっくり立ち上がり、テーブル席に戻った。

「お互いさまですな。掬子《きくこ》の祥月命日にお寺さんが来てくれはるんですけど、いつも難儀してますわ」

「えらいなぁ。うちなんか何年も坊さんには、拝んでもろてない。ヨメはんも怒っとるやろ」

窪山が胸ポケットから煙草《タバコ》を取り出して、こいしの顔色を窺《うかが》う。

「うちは禁煙と違うし、かまへんよ」

こいしがアルミの灰皿をテーブルに置いた。

「すんまへん。いっぷくさせてもろても、よろしいかいな」

指に挟んだ煙草を、窪山が浩《ひろし》に向けた。

「どうぞ」

笑みを浮かべた浩は、思い出したように、バッグから煙草を取り出した。

「若いうちはともかく、わしらの歳になったらやめんとあきませんで」

流がカウンター越しに声をかけた。

「いっつも、そない言われとる」

窪山が紫煙をゆっくりと吐き出した。

「再婚なさったんですかいな」

「そのことで、捜して欲しい味があるんや」

流の問い掛けに、窪山が目を細めて、吸殻を灰皿に押し付けた。

「ごちそうさま。カツ丼旨かったです」

カウンターに五百円玉をパシっと置いて、浩がくわえ煙草で店を出て行く。それを目で追っていた窪山がこいしに顔を向けた。

「ええ人か？」

「そんなんと違うわよ。ただのお客さん。近所のお寿司《すし》屋の大将」

頬を赤らめたこいしが窪山の背中を叩《たた》いた。

「固いこと言うようですがな、秀さん。探偵事務所の所長は、こいしなんですわ。話はこいつにしてやってもらえますか。いちおう事務所は奥にありますんで」

「そうかいな。ほな、こいしちゃん、頼むわ」

窪山が中腰になった。

「ちょっと待ってな、おっちゃん。すぐに準備してくるよって」

エプロンを外してこいしが、厨房の奥へと急いだ。

「流はずっとヤモメを続けとるんか」

改めて窪山が腰を落ち着けた。

「ずっと、てまだ五年しか経《た》ってしません。後添え貰《もら》うてなことになったら、化けて出て来ますわ」

流が茶を注いだ。

「そら、まだ早いな。うちは今年でちょうど十五年。そろそろ千恵子《ちえこ》も許してくれるんやないかと」

「そないなりますか。早いもんですなぁ。お宅へ寄せてもろて、千恵子はんの手料理よばれたん、つい昨日のことのように思います」

「ほかはさっぱりやったが、料理だけは天下一品のヨメはんやった」

窪山が小さくため息を吐くと、しばらく沈黙が続いた。

「そろそろ行きまひょか」

流が立ち上がり、窪山がそれに続いた。

カウンター席を挟んで、藍地の暖簾が掛かる出入口と反対側には小さなドアがある。流がそのドアを開けると細長い廊下が続いていた。どうやら探偵事務所に通じているようだ。

「ぜんぶ流の料理か」

廊下の両側にびっしり貼られた写真を見ながら、窪山が流の後を歩く。

「ちょこちょこ違うのもありますけどな」

流が振り向いた。

「これは……」

窪山が立ち止まった。

「裏庭で唐辛子《とうがらし》を天日干ししてるとこですわ。掬子の遣り方を見よう見まねで。ええ加減なことです」

「千恵子も似たようなことをやっとった。面倒なことをするんやな、と思うたんやが」

窪山が歩き出した。

「こいし、お連れしたで」

流がドアを開けた。

「面倒やろうけど、いちおう書いてもらえます？」

ローテーブルを挟んで、こいしと窪山が向かい合ってソファに座る。

「氏名、年齢、生年月日、現住所、職業……なんや保険に入るときみたいやな」

バインダーを受け取って、窪山が苦笑した。

「おっちゃんのことやから、適当に書いといてくれたらええよ」

「そうはいかん。これでも元公務員やさかいな」

窪山がバインダーを返した。

「律儀なとこは昔のままやね」

楷書体で埋め尽くされた書類を目で追った後、こいしが膝を揃《そろ》える。

「どんな食を捜したらええんです？」

「鍋焼きうどんや」

「どんな？」

こいしがノートを広げた。

「昔、うちのヨメはんが作ってくれた鍋焼きうどん」

「奥さんが亡くならはってから、ずいぶん経ちますよね」

「十五年」

「今でもその味、覚えてはりますのん?」

こいしの問い掛けに、窪山はうなずきかけて、思い直すように首を斜めにした。

「おおまかな味やとか、どんな具が入っとったかは、よう覚えとるんやが……」

「それを再現しようと思うても、同じ味にはならへん、ということですか」

「さすが流の娘やな。大した推理力や」

「おっちゃん、まさかそれって、再婚した奥さんに作らせてはるのと違うやろね」

「いかんか?」

「アカンに決まっているやん。ようそんな失礼なことするわ。前の奥さんの想《おも》い出の味を再現させるやなんて」

「早とちりするとこまで、流にそっくりやな。なんぼ厚かましいわしでも、そんなことはせん。ただ、旨い鍋焼きうどんを作ってくれと頼んでるだけや。それに、まだ再婚したわけやない。会社の部下で、えろう気が合う女性がおってな、向こうもバツイチで独り身やねん。ときどきうちへ遊びに来て、メシを作ってくれるんよ」

「それで若返りはったんか。恋愛中やねんな」

こいしが上目遣いに冷やかした。

「この歳して恋愛というような甘いもんやない。茶飲み友達っちゅうやつや」

幾らかのテレを含んだ笑いを浮かべながら、窪山が続ける。

「杉山奈美《すぎやまなみ》。皆からはナミちゃんと呼ばれとる。わしよりひと回り以上も歳下なんやが、会社では大先輩や。経理を一手に任されとるし、社長の信頼も厚い。そのナミちゃんとえらいウマが合うてな。映画を観《み》に行ったり、お寺さん廻《めぐ》りをしたりして、楽しいしとったわけや」

「二度目の青春やね」

こいしが微笑《ほほえ》んだ。

「ナミちゃんな、今は山科《やましな》にひとりで住んどるんやけど、実家は群馬の高崎やねん。ふた月ほど前に母親が亡くなって、父親ひとりになってしもうた。面倒見んなんさかいに、高崎に帰ると言い出したんや」

「ナミちゃん、ひとりで？」

「一緒に付いて来てくれませんか、と言いよる」

窪山が顔を真っ赤にした。

「おめでとう。女性からプロポーズされたんやね」

こいしが小さく拍手をした。

「息子も賛成してくれよったから、そのつもりになったんやが、問題は食べ物や。ナミちゃんは関東の人間やさかいにな」

窪山が顔を曇らせた。

「それが鍋焼きうどん？」

「のろけるわけやないんやが、ナミちゃんは料理上手やねん。肉じゃがやとか炊き込みご飯、和食もええけど、カレーやとかハンバーグ作らせても玄人はだしや。餃子《ギョーザ》やら肉まんも手作りしよるしな。たいていの食いもんには何の文句もない。ヘタな店よりよっぽど旨い。せやのに、なんでかわからんが、鍋焼きうどんだけはアカン。一所懸命作ってくれよるんやで。けど、昔食べた味とは雲泥の差がある。鍋焼きうどんはわしの一番の好物やねん。それが……」

「わかった。お父ちゃんがなんとかしてくれる。まかしとき」

こいしが胸を叩いた。

「まかしとき、て言うといて、お父ちゃん頼りかいな」

窪山が苦笑した。

「もうちょっと詳しいに教えて。どんなお出汁《だし》で、具はどんなもんが入っていたか、とか」

　こいしがペンを持って構えた。

「出汁はまあ、京都のうどん屋でよう出て来る味や。具かて、そない変わったもんは入っとらなんだ。鶏肉、ネギ、蒲鉾《かまぼこ》、麩《ふ》、椎茸《しいたけ》、海老天と玉子。そんなとこや」

「うどんはどうなん？」

「今流行りのさぬきうどんみたいな、あんなコシはない。くにゃ、っちゅうか、くたっ、というのか」

「京の腰抜けうどん、ていう、あれやね。だいたいわかった。けど、おっちゃん。ナミちゃんにも、このレシピていうか、どんな鍋焼きうどんか、て伝えたんやわね。それでも別モンになってしまうんやろ。案外難問かもしれんな」

　こいしが顔をしかめた。

「材料が昔とは別なんか、味付けが違うのか。ようわからんけど」

「亡くなった奥さん、何か言うてはらへんかった？　どこそこの店のうどん玉やとか、具はどの店のもんやとか」

「こっちがあんまり食いもんに興味なかったさかい。……そや、桝《ます》がどうとか、鈴がどやとか、藤ナントカと言うとったな」

「桝、鈴、藤。後は?」

ペンを持ったまま、こいしが窪山に顔を向けた。

「買いもんに行く前に念仏みたいに唱えとったさかい、それだけは今でも耳に残ってるんやが」

「他には? 味の記憶とか」

「最後に苦いな、と思うた記憶がある」

「苦い? 鍋焼きうどんが?」

「うどんが、というのやのうて、食い終わるときにいつも苦い……、いや、違うかもしれん。別のもんを食うてたときとゴッチャになっとる」

「鍋焼きうどんが苦いはずないと思うんやけどなぁ」

こいしがパラパラとノートを繰った。

「最後にもう一回だけ、あの鍋焼きうどんを食べたら、気持ちよう高崎に行けると思うんよ。郷に入っては郷に従え。あっちに行ったら向こうの味に馴染《なじ》まんとな」

「よっしゃ。期待しとって」

こいしがノートを閉じた。

窪山とこいしが姿を現すと、流はリモコンでテレビを消した。

「あんじょうお聞きしたんか」

「ばっちりや、と言いたいとこやけど」

流の問い掛けに、こいしが自信なげに声をしぼませた。

「難事件っちゅうとこやろ。お宮入りにならんように頼むわ」

窪山が流の肩を叩いた。

「おっちゃんの第二の人生がかかってるんやから」

こいしが追い打ちをかけるように、流の背中をはたいた。

「せいだい気張らせてもらいます」

顔をしかめて、流が腰を折った。

「お勘定してくれるか」

コートを羽織って、窪山が財布を出した。

「何を言うてはりますねん。ようけお供えいただいたのに、何のお返しも用意してまへん。せめてメシ代くらいは」

「なんや、気付いたんかいな。線香立ての下に隠したつもりやったんやが」

「挙動不審は見逃しまへん」

顔を見合わせて、ふたりが笑った。

「次なんやけど、おっちゃん。再来週の今日でもええやろか」

こいしが窪山に訊いた。

「二週間後か。仕事が休みやさかい、ちょうどええ」

開いた手帳に舐《な》めた鉛筆で窪山が印を付けた。

「聞き込みしてはったころを思い出しますな」

流が目を細めた。

「長年のクセは抜けんもんや」

窪山は内ポケットに手帳を仕舞い表に出ると、トラ猫が逃げ出した。

「どないしたん、ひるね。コワイ人と違うよ」

「飼い猫か？　さっきは居《お》らなんだが」

「五年ほど前から居ついてるんよ。いっつも昼寝してるみたいやから、ひるねて名前付けたんやけど、可哀《かわい》そうなんよ。お父ちゃんにいじめられてばっかり」

「いじめてるわけやないがな。人さんに食いもんを出す店の中に猫が入って来たらアカンと言うとるだけや」

流が口笛を吹いても、道のむこうで寝そべるひるねは知らんぷりを決め込んでいる。

「ほな、頼むで」

　窪山は西に向かって歩いて行った。


「今回も難問か？」

　後ろ姿を見送って、流が隣に立つこいしの顔を見た。

「難しいんと違うかなぁ。どういう料理か、窪山のおっちゃんはわかってはるのに、再現出来ひんて言うてはるんやから」

　こいしが引き戸を開けた。

「ものは何や？」

　店に戻って、流が椅子に座る。

「鍋焼きうどん」

　こいしが向かい合って腰かけた。

「どっかの店のか」

「亡くなった奥さんが作ってはった」

　こいしがノートを広げる。

「そら間違いのう難問や。千恵子はんは料理がじょうずやったし、そこに想い出という調味料が効いとるさかいな」

流がページを繰る。

「どう考えても、普通の鍋焼きうどんやろ？　せやのに再現出来ひんて言わはるんよ」

「千恵子はんは生粋の京都人やったさかい、味付けはだいたいわかる。住まいが寺町やから……」

流が腕組みをして考え込んでいる。

「亡くなった奥さんのこと、よう知ってるん？」

「知ってるどころか、なんべんも手料理を食わせてもろたがな」

「それやったら話が早いやん」

「けど、この鍋焼きうどんは食べさせてもろた記憶がない」

流がノートの字を丹念に追う。

「今度のお相手な、ひと回りも若い女の人なんやて。うらやましいやろ」

「アホ言え。お父ちゃんは掬子ひと筋やて、いつも言うとるやろ。それより、そのナミちゃんという女性は上州人なんやな」

流が顔を上げた。

「実家が高崎やて言うてはったから、たぶんそうやと」

「高崎か」

流が首をひねる。

「なんや鍋焼きうどんを食べたなって来た。今夜は鍋焼きうどんにしよか」

「今夜だけやない。当分は毎晩鍋焼きうどんや」

ノートから目を離さずに流が言った。

2

一年で最も寒いのは節分過ぎだと、多くの京都人が言う。その言葉を実感しながら、窪山は夕暮れ迫る正面通を東に向かって歩いていた。

どこからか豆腐売りのラッパが聞こえて来る。家路を急ぐランドセルがすぐ横を通り過ぎて行く。ひと時代前に戻ったような錯覚を覚える。長い影を斜めに伸ばして窪山は『鴨川食堂』の前に立った。

顔を覚えているのか、トラ猫のひるねが足元に擦り寄ってくる。

「流にいじめられとるのと違うか」

屈《かが》みこんで頭を撫《な》でると、ひるねがひと声鳴いた。

「えらい早かったやん。おっちゃん早《はよ》ぅ中に入りいな。寒いやんか」

引き戸を開けて、こいしが背中を丸めた。

「入れてやらんと風邪ひきよるで」

「猫は風邪ひかへん。お父ちゃんに見つかったら、えらいこっちゃし」

「こいし。ひるねを店に入れたらアカンで」

厨房の中から流が大きな声を上げた。

「言うたとおりやろ」

こいしが目配せした。

「毎年ふたりでやっとるんか」

コートを脱ぎながら窪山がぼそっと言った。

「ふたりで？　何のことよ」

茶を出しながらこいしが訊いた。

「豆まきしとるんやろ。〈鬼は外、福は内〉と流がまいて、こいしちゃんが〈ごもっとも、ごもっとも〉と後ろを付いて歩く。今でもちゃんと、京都らしいしきたりを守っとるんやな」

「なんでわかったん？」

こいしが目を白黒させる。

「敷居の隙間に豆がはさまっとる」

窪山が鋭い視線を床に走らせた。

「ホンマに昔のクセが抜けへんのですな」

白衣姿の流が厨房から顔を覗かせた。

「ちょっと早かったか。待ち切れいでな。歳取ると忙《せわ》しのうていかん」

「昼を抜いて来てくれ、てなご無理を言うて申し訳なかったですな」

カウンター越しに流が頭を下げた。

「流の言いつけはちゃんと守ったで。朝早うに喫茶店でいつものモーニングを食べたきりや」

空腹をまぎらすように、窪山は茶を一気に飲んだ。

「もう十分ほどくださいや」

流が声をかけた。

「ナミちゃんとは順調なん？」

テーブルの支度を整えながらこいしが訊いた。

藍染のランチョンマットを敷き、柊《ひいらぎ》を模《かたど》った箸置きに杉箸を並べる。唐津焼の呑《とん》水《すい》を中央に、右端に青磁のレンゲを置いた。

「先週退職しよってな、もう高崎へ帰ってしもた。社長が残念がってたわ」

窪山は、マガジンラックから夕刊紙を抜き出した。

「外食ばっかりなんと違う？」

「昼も夜もコンビニ弁当と外食ばっかりじゃ、ええ加減飽きるな」

広げた新聞を下げて窪山が笑った。

「もうちょっとの辛抱やんか。向こうに行ったらバラ色の生活が待ってる」

こいしが目を輝かせた。

「この歳になって、舅《しゅうと》を抱えるんやで。そない甘いもんと違うわ」

「楽あれば苦あり。人生すべて甘辛です」

流はわらで編んだ鍋敷きを、ランチョンマットの左上に置いた。

「いよいよ登場やな」

新聞をたたんで窪山がパイプ椅子に座り直した。

「新聞はそのままにしとってください。昔食べてはったときと同じように」

言い残して、流が背を向けた。

「なんでわかった」

今度は窪山が目をしばたく。

「わしも昔のクセが抜けまへんのや」

振り向いて、流が小さく笑った。

「こんな映画を観たような気がするなぁ。昔は相棒やったふたりの老刑事が再会する、いう話」

こいしがふたりを交互に見る。

「老だけ余分や」

窪山が舌を打った。

「こいし。ちょっと来てくれるか」

厨房に入って流が手招きした。

「仕上げはわたしがするみたいよ」

「しっかり頼むで」

窪山がこいしの背中に声をかけた。

厨房に入ったこいしに、流が何ごとかの指示をしている。窪山は流に言われたとおり、新聞を広げて読むともなく、紙面に目を落とした。やがて馨《かぐわ》しい出汁の香りが漂って来て、窪山は思わず鼻をひくつかせた。

「時間帯は違いますけど、こんな感じやったと思います」

窪山と向かい合って腰かけた流がリモコンを操作すると、神棚の横で夕方のニュース番組が映し出された。

「仕事が終わって家に帰る。着替えるのも面倒くさい。上着を脱いでネクタイだけ緩めて、ちゃぶ台の前に座る。新聞広げて、テレビ点《つ》けて、と台所の方から出汁のええ匂いがして来る」

流が言葉を紡ぐと、目を閉じて窪山が顔を天井に向けた。

「あのころは、うちでも同じでした。家に帰ったらヘトヘトで何もしとうない。口もききとうない。腹は減っとる。〈早ぅメシにしてくれ〉と掬子に怒鳴って……」

流がため息を吐いた。

「〈テレビ観てへんのやったら消したらどうやのん〉て千恵子にどやされてな」

窪山が繋ぐ。

「〈テレビ観るのも仕事のうちや〉て言い返す」

「刑事の家てなもん、どこも一緒やったんやろな」

流と窪山の掛け合いが続く。

「そろそろ玉子入れてもええかな」

厨房からこいしが声を上げた。

「その前に豆壺《まめつぼ》に入ってるヤツを鍋に入れてくれ」

流が厨房に声を向けた。

「全部入れるん？」

「全部や。按配《あんばい》よう振りかけて、お玉でよう混ぜる。そこで一気に強火や。ぐつぐつと煮立ったら玉子を割り入れて、火を止める。すぐに蓋をせい。きっちりしたらアカン、ちょっとだけずらすんやぞ」

流が指示を出す。

「タイミングが大事なんやな。鍋焼きうどん、っちゅうやつは。出て来てしばらく、新聞を読み耽《ふけ》っとって、よう千恵子に怒られたわ」

「〈早《は》よ食べてえな。うどんが伸びるやんか〉ですやろ」

流が合いの手を入れる。

「さあ出来ました」

ミトンをはめた両手で、湯気が立ち上る土鍋を、こいしが運んで来た。

「どうです？　昔と同じ匂いですやろ」

流の言葉に、窪山は鼻を鍋に近付けて、湯気の勢いに負ける。

「ナミちゃんの鍋焼きうどんは、この匂いがせんのや」

窪山が首をかしげる。

「ゆっくり召し上がってください」

立ち上がって、流はこいしと厨房に引っ込んだ。

合掌して窪山が土鍋の蓋を取ると、湯気は一段とその勢いを増した。

青磁のレンゲを取って、まずは出汁をひと口飲む。窪山は大きくうなずいた。箸でうどんを掬《すく》う。音を立てて啜り込もうとして、その熱さにむせる。鍋底からネギを取り出し、うどんに絡めて口に運ぶ。鶏肉を嚙みしめる。蒲鉾を齧《かじ》る。その度に窪山は、うんうんとうなずく。

ついさっきまで冷え切っていた身体が、一気に熱を帯び、額にはじんわりと汗が滲み出した。上着のポケットからハンカチを取り出して窪山が額と頰に当てる。

思い出したように海老天をつまみ上げ、箸でふたつに切った窪山は、頭の方だけを口に入れた。

「尾っぽの方は玉子と絡めるんやが、問題はその玉子やな。黄身をいつ崩すか。それを考えながら食べるのが、鍋焼きうどんの醍醐味《だいごみ》っちゅうもんや」

窪山は笑みを浮かべて、ひとりごちた。

「どないです」

遠慮がちに、流が窪山の横に立った。

「不思議やなぁ。昔の味そのままや。ナミちゃんにも同じように伝えたんやが」

窪山は箸を止められずにいるようだ。

「ものの味てなもんは、そのときの気分で大きく左右されます。きっと窪山はんは、そのナミちゃんの料理を食べはるとき、緊張してはるんやと思います」

流がやわらかな眼差《まなざ》しを向けた。

「身構えとるのは間違いないな」

窪山がまたハンカチを使った。

「多少の違いはあるかもしれまへんけど、気を楽にして食べたら、昔食べてはったんと、ナミちゃんが作らはる鍋焼きうどんも大差はおへん」

流が窪山と向かい合って腰かけた。

「けど、やっぱり味は全然違うで。どんな手品使うたんや」

窪山が不服そうに言った。

「推理と言うて欲しいですな」

「未《いま》だに取り調べのクセが出よる」

笑みを浮かべて窪山がうどんを啜る。

「まず出汁です。というより、千恵子はんがどこへ買い物に行ってはったか。そこから始めました。お住まいの十念寺辺りへ行って来たんですわ。昔から秀さんは近所付き合いが苦手やったみたいですが、奥さん連中は親しいしてはったみたいで、ご近所さんに尋ねたら、千恵子はんのことをよう覚えてはりました。一緒に買い物にも行ってはったそうです。それがこの『桝方《ますがた》商店街』ですわ。出町にありますやろ」

地図を広げて、流がペンで指した。

「豆餅《まめもち》を買うのに、ようけ行列が出来とる餅屋のとこやな」

箸を持ったまま、窪山が首の向きを変えた。

「それは『出町ふた葉』です。その横の道を入ったとこが『桝方商店街』。錦市場と違《ちご》うて、地元の人が通う商店街ですわ。たいていの買いもんは、ここで済ませてはったようです。いろんな業種が揃うてましてな、昆布と鰹節《かつおぶし》やら、出汁の材料はこの『藤屋』、鶏肉は『鶏扇』、野菜は『かね康』と、千恵子はんは決めてはったそうです。

今でも奥さん連中は浮気せんと、ここで買《こ》うてはります」

流が商店街のパンフレットを見せる。

「同じ食材でも、買う店によって、そない違うもんか」

鶏肉を噛みしめながら、窪山が訊いた。

「ひとつひとつは大して違わんでも、重なり合うて出来上がったもんは、相当違いが出ますやろな。たとえば出汁昆布は、『藤屋』で松前産一等昆布というのを、鰹節は惣田《そうだ》かつをと鯖節を混ぜてもろてはりました。それにウルメイワシを足して、うどんの出汁にするんやと、千恵子はんは近所の奥さんに言うてはったみたいです」

「うどん出汁っちゅうのは、そないに手間がかかるもんやったんか。ナミちゃんは粉末のだしの素を愛用しとるようや。味が違うて当たり前やな」

窪山が椎茸を箸でつまんだ。

「出汁だけやおへん。その椎茸もです。生椎茸をいっぺん天日干しして、それを戻してから甘辛う煮付けるんです。そやから噛んだときに、旨みがジュワーッと滲み出る」

「あの天日干ししとったんは椎茸やったんか。手間かけとったんやな。たしかナミちゃんは生椎茸を煮付けとった」

窪山がしみじみと椎茸を味わう。

「そうは言うても、うどんを手打ちしたり、天ぷらをその度に揚げてたら、せっかちな秀さんには間に合わん。うどんと海老天は『花鈴』という小さい店のもんを使うてはったようです。同じ味ですやろ。ご主人に訊いたら、製麺の配合も、海老天の揚げ方も、先代のときとまったく一緒やと言うてはりました」

「桝やとか、藤やら、鈴がどやとか、買いもんに行く前に確かめとったんやな」

「土鍋に昆布と、ざく切りにした九条ねぎを敷いて、出汁を張る。秀さんがちゃぶ台の前に座ったら火を点ける。そんな段取りやったと思います。煮立ったら鶏肉を入れて、火が通ったら、うどんをほぐし入れる。最後に蒲鉾と麩、椎茸、海老天を載せて、玉子を割る」

流が順を辿る。

「メモしとかんといかんな」

窪山が手帳を取り出したのを、流が制する。

「ちゃんとレシピ書いてお渡ししますさかい」

「ナミちゃんに見せんとな」

「先に言うときますけど、これと同じような出汁にはなりまへんで」

「なんでやねん。その店に言うて、昆布と鰹節やらを送ってもらうがな。少々高ぅついてもかまわん。料理上手のナミちゃんなら、ちゃんと使いこなしよる」

窪山が不服そうな顔をした。

「水が違いますねん。京都は軟水ですけど、関東は硬度が高いと思います。そうすると昆布の旨みが、あんじょう引き出せませんのや。京都から水を取り寄せるという手もありますやろけど、鮮度が違いますしな」

「そうか、水が違うか」

窪山が肩を落とす。

「ちょっとおもしろい実験しましょ」

立ち上がって流が冷蔵庫から、水の入ったコップをふたつ出して窪山の前に置いた。

「飲み比べてください」

「AとBか。わしを試そうっちゅうねんな」

窪山が印の付いたふたつのコップを交互に口に運ぶ。

「どっちが旨いです？」

「どっちも、ただの水やがAの方が旨いな。まろやかなように思う」

窪山がAの付箋が貼られたコップを持ち上げた。

「Aは『桝方商店街』近くにある豆腐屋が使うてる井戸水です。Bの方は秀さんの生まれ故郷、御影《みかげ》にある造り酒屋の宮水《みやみず》。秀さんはもう京都の水に馴染んではるんですわ。水が合わん、てなことをよう言いますけどな。水に合わさんとあきませんのや。水は変えることが出来しません。その水に合わせて料理したらよろしいのや。秀さんも高崎に行かはったら、向こうの水に馴染まんとあきませんで」

流がきっぱりと言った。

「わかっとるわい。けど、最後にこの鍋焼きうどんに出会えてよかった。しっかり味おうとかんと」

窪山がていねいにレンゲで出汁を掬う。

「冬場は三日にあげず食べてはりましたやろ」

「わしの好物やと千恵子はよう知っとったし、寒いときには手っ取り早うて旨いさかいな」

「昼も夜もない暮らしに、千恵子はんも、掬子もよう付き合うてくれよった。突然家に帰って来て、すぐにメシにしてくれ、て無茶言うてたのに」

流がテーブルに目を落とした。

「湿っぽい話はやめときいな。おっちゃんの第二の人生が始まるていうのに」

瞳を潤ませて、こいしが水を差した。

「苦いな」

窪山が口の中から黄色いかけらを取り出した。

「柚子《ゆず》の皮です。香り付けに入れてはったんでしょう」

流が言った。

「そうか、これが苦かったんか」

窪山がまじまじと見る。

「上に散らすのが普通ですけど、それやと秀さんはポイと捨てはるに決まってる。千恵子はんは鍋底に柚子皮を忍ばせてはった。秀さんが〈苦い〉と言わはったら、最後までお出汁を飲んだしるし。千恵子はんに伝わるんです」

「大した推理や。地取りも完璧やしな。思うてたとおりの鍋焼きうどんやった」

窪山がレンゲを置いて合掌した。

「よろしおした」

「これで気持ちよう高崎に行けるね」

こいしの言葉に、窪山は黙ってうなずいた。

「探偵料は幾ら払うたらええんや？」

窪山が財布を出した。

「お客さんに決めてもろてます。お気持ちに見合うた金額をここに振り込んでくださ い」

こいしがメモ用紙を渡す。

「せいだい気張って払わせてもらうわ」

窪山がトレンチコートを羽織った。

「どうぞお元気で」

引き戸を開けて流が送り出す。

「年に何度かは墓参りに帰ってくるさかい、そのときは覗かせてもらうわ。旨いもん食わしてくれ」

外に出た窪山の足元に、ひるねが擦り寄って来た。

「ナミちゃんと仲良ぅせんとアカンよ」

こいしがひるねを抱き上げげた。

「上州名物は何かご存知ですか」

流が窪山に訊いた。

「空っ風とカカア天下」

「知ってはるならよろしい」

流がにやりと笑う。

「おっちゃん、風邪ひかんようにな」

「早ぅヨメにいかんと、流も後添えをもらえんで」

「言われんでもいきます」

こいしが口を尖《とが》らせる。

「流。ちょっと気になってるんやがな」

立ち去りかけて、窪山が流に顔を向ける。

「なんです？」

「たしかに昔のままの味で旨かったけど、ちょっと塩気が濃いように思うたんやが」

「気のせいですやろ。千恵子はんが作ってはったお出汁、そのままやと思います」

流がきっぱりと言い切った。

「そうか。気のせいか。おおきに。しっかり味は覚えさせてもろた」

窪山が口元を指した。

「お元気で」

青い闇に包まれ始めた正面通を、西に向かって歩く窪山にこいしが声をかける。

「末永ぅ、お幸せに」

振り向いた窪山に、流が深々と頭を下げた。

「喜んでもらえてよかったなあ」

店に戻って、こいしが片付けを始める。

「あの歳になって馴染みのない土地に、しかもお舅さん付きで住む。苦労も多いと思うで」

流が白衣を脱いで椅子の上に置いた。

「ええやんか、甘い新婚生活が待ってるんやし」

「さあ、どうなんやろな。わしはもう要らん。生涯揀子ひとりや」

「お父ちゃん、肝心のレシピ渡してあげるの忘れたやんか。まだ、その辺に居はるやろから、持って行って来るわ」

「いつまでも京都を引きずったらあかんやろ。千恵子はんの料理は忘れて、向こうに行ったらナミちゃんの作る料理を味おうたらええ」

「けど、窪山のおっちゃん、取りに戻って来はるかもしれんやん」

「秀さんは、ようわかってはる」

「それやったらエエんやけど」

「そろそろ夕飯にしよか。腹減って来たで」

「また今夜も鍋焼きうどんやろ？」

「違う。今夜はうどん鍋や」

「似たようなもんやんか」

「浩さんから電話があってな、明石のええ鯛《たい》が入ったんやそうな。それを持って来てくれるんやて。鯛鍋しよう言うて」

「ホンマ！　鯛鍋して、あとからうどん入れるんやね。そや。思い出した。さっき最後に入れたんは何やったん？　あの豆壺に入ってた」

「即席のだしの素や。向こうに行ったときのために、そういう味に慣れとかんとあかんやろ」

「それで味が濃いて言うてはったんや」

「これが千恵子はんの味や。秀さんがそう思い込んでくれはったら、向こうに行って多少濃い味やっても納得出来る。同じ味やと思えるはずや」

「それやったら、最初から入れといたらエエんと違うの」

「そんな濃い味で鯛鍋出来るかいな」

「さすがお父ちゃん」

こいしが流の背中をはたいた。

「雪やな」

流が窓の外を見た。

「ほんまや。降ってきた」

「今夜は雪見酒や」

「ぴったしのお酒を買うてあるんよ」

こいしが冷蔵庫から酒瓶を取り出す。

「『雪中梅』やないか。ちょっと甘口やが鯛鍋にはよう合うやろ。掬子の好きそうな酒や」

流がやさしい眼差しを仏壇に送った。

第二話　ビーフシチュー

1

東本願寺の門前に植わる銀杏《いちょう》の木もすっかり葉を落とした。

師走《しわす》に入ったせいか、文字どおり僧侶たちが走り回る中で、艶《あで》やかな和服姿の老女ふたりは否《いや》が応でも目を引く。正面通の法衣《ほうい》店から、大きな紙箱を抱えて出て来た店員が、何者かというように、ふたりに目を向けた。

着物姿には似つかわしくないほどの早足で歩くふたりは、侘《わ》びた風情のしもた屋の前で立ち止まった。

「食を捜してくれる探偵さんが居る店って、ここのこと?」

藤色のケープをまとった、灘家《なだや》信子《のぶこ》がぽかんと口を開いている。

「看板はないけど『鴨川食堂』っていうのよ」

来栖《くるす》妙《たえ》がアルミの引き戸を横に引くと、信子が渋々といった風に敷居をまたいだ。

「いらっしゃいませ。妙さん、遅いから心配してたんですよ」

黒いパンツスーツに白いエプロンを着けた、鴨川こいしが笑顔を向けた。

「お東さんへ寄り道をしてましたの。素通りするわけにはまいりませんから」

鳶色《とびいろ》のショールを取って、妙が椅子の背に掛けた。

「寒おしたやろ」

厨房《ちゅうぼう》から鴨川流が顔を覗《のぞ》かせた。

「流さん、紹介するわ。こちら女子校のときからのお友だちで、灘家信子さん」

妙に背中を押されて、信子はおっとりと頭を下げた。

「鴨川流です。これは娘のこいしです」

厨房から出て来た流は、前掛けで手を拭きながら頭を下げた。

「ようここまで辿《たど》り着きはりましたね」

こいしが信子と妙の顔を交互に見た。

「この際ひとこと言っておきますけどね、あんな中途半端な広告はお止《や》めになった方がいいんじゃありませんこと？　信《のぶ》ちゃんから『料理春秋』を見せられて、たまたまわたしが鴨川と言う名前に覚えがあったから来れましたけど、そうじゃなきゃ、普通の方があの広告だけでここまで来られるはずがないじゃありませんか」

妙が口調を強めた。

「けど、こうやってお越しいただいとる。縁っちゅうのは、そういうもんなんと違いますか。『料理春秋』の一行広告だけで繋《つな》がるご縁を大事にしたいと思うとります」

流が唇を一文字に結んだ。

「いいんじゃないの。こうやって無事に来れたんだし」

信子がとりなした。

「お友だちは妙さんと違《ちご》うて、静かな方ですな」

「随分な言われ方ですこと」

妙が小鼻を膨らませた。

「まるで性格が違うのに、昔からなんだかとても気が合いまして」

信子が妙の横顔を窺《うかが》う。

「お飲み物はどうさせてもらいましょ?」

こいしが訊《き》いた。

「ちょっと冷えるから、一本つけてもらおうかしら」

「お昼間にお酒なんて。今日はやめておきましょう」

信子が妙をいさめるように言った。

「どうしたのよ、信ちゃん。具合でも悪いの?」

「そういうわけじゃないけど、今日は何だか、飲む気になれなくて」

信子がテーブルに目を落とした。

「リクエストしていただいた、点心てなほど立派なもんやないんですが、虫養《むしやしな》いには、ちょうどええ按配《あんばい》やと思います」

流が松花堂弁当を妙の前に置いた。

「ご無理を申しました」

中腰になって、妙が一礼した。

「えらい悩んではったんですよ、うちのお父ちゃん。大事なお友だちを連れて来はる妙さんに、恥をかかさんようにせなあかん、言うて」

こいしが妙の耳元で言った。

「余計なこと言わんでええ」

信子の前にも弁当を置いて、流がしかめっ面を、こいしに向けた。

「このお弁当箱は……」

黒塗りの弁当箱を見て、信子が目を見開いた。

「輪島です」

「お弁当箱ひとつとっても、こうなんですから。わかったでしょ、信ちゃん、このお店のことが」

誇らしげに妙が胸を張った。

「容《い》れ物だけじゃないわよ。中身がまた……」

蓋を取って信子が目を輝かせる。

「素敵なお弁当だこと」

妙が料理のひとつひとつに目を奪われている。

「いちおう松花堂の内容を説明させてもらいますと、十字に仕切った右上は口取り、八寸みたいなもんです。こまごま入れさせてもろてます。右下は焼きもん、今日は寒ブリの照り焼きです。左上はお造りと酢のもん。明石の鯛《たい》と赤身は紀州のマグロ、唐津のアワビはさっと火を通してあります。宮島の穴子を炙《あぶ》って、胡瓜《きゅうり》とミョウガで酢のもんにしてます。左の下は松茸《まつたけ》ご飯。信州産ですけど、ええ香りしてます。あとで吸いもんを持って来ますんで、どうぞゆっくり召し上がってください」

ふたりに一礼して、流が背中を向けた。

「いただきます」

妙が合掌してから、箸を取った。

「美味《おい》しい」

先に箸を付けた信子が鯛を嚙《か》みしめている。

「お造りもいいけど、この八寸が素敵よ。カマスの棒寿司《ぼうずし》でしょ、だし巻き、つくねは鶉《うずら》かしら。このタコの桜煮なんか舌に載せただけで、とろけちゃうわよ」

妙がうっとりした表情で口を動かしている。

「何年か前にお茶席で『辻富《つじとみ》』さんのお弁当をいただいて以来かしら、こんな素敵なお料理」

信子がタコに箸を伸ばした。

「そうね。あのときのお弁当も美味しかったけど、こっちも負けてないわ。この香り、たまらない」

松茸ご飯を口に含んで妙が目を閉じた。

「ちょっとほめ過ぎと違います？」

湯呑《ゆの》みに茶を注ぎながら、こいしが横目で厨房を見た。

「そうそう、信ちゃん、探偵事務所の所長さんは、このお嬢さんなの。こいしちゃん、後で話を聞いてあげてくださいましね」

箸を置いて、妙がかしこまった。

「わたしはただの聞き役で、実際に捜すのはお父ちゃんですけど」

こいしが、はにかんだ。

流が弁当箱の横に椀を置いた。

「遅うなりました」

「こちらは？」

根来椀《ねごろわん》の蓋を取って、妙が訊いた。

「グジと蟹《かに》身の椀です。寒うなりましたさかいに、葛《くず》を引いて、みぞれ仕立てにしました。熱いうちにどうぞ」

盆を小脇に挟んで、流が答えた。

「柚子の香りがいいですね」

信子が椀に顔を寄せた。

「西山の方に水尾という里がありましてな、そこの柚子ですさかい、香りはええと思います。さ、どうぞ」

「かぶら蒸しみたいな感じね。熱々でおいしい」

椀を持って、妙がこいしに言った。

「やさしい味でしょ。うちの家ではこれをお鍋にするんです。みぞれ鍋。軽ぅに炙《あぶ》ったグジと蟹をお鍋の底に沈めといて、お出汁《だし》を足したら、おろしたかぶらをたっぷり入れる。柚子と七味を薬味にして食べたら、身体《からだ》がぽかぽかして来ますねんよ」

よだれを垂らさんばかりに、こいしが熱く語った。

「さ、早くいただいてしまいましょ」

話に区切りを付けるように、妙が信子に言った。

「デザートも、あ、水菓子もご用意してますんで、どうぞごゆっくり」

こいしが肩をすくめた。

「そう。日本料理にデザートなんてものはありませんん。フレンチじゃあるまいし」

妙が小鼻を膨らませた。

「妙さんはいつまでも昔のままね。おかしなことにこだわるのよ。そんなのどうだっていいと、わたしは思うんだけど」

信子が椀を置いた。

「どうでもよくはないわよ。文化が崩れていくのは言葉から。スイーツなんて平気で呼ばせているから、和菓子も堕落してしまうんでしょ」

妙がブリを皮ごと口に入れるのを見て、信子もそれを真似《まね》る。

「こうして妙さんと、ゆっくりお食事するのって、何年ぶりかしらね」

「三月《みつき》ほど前に横浜の『埜田岩《のだいわ》』で鰻《うなぎ》を食べたばかりじゃない。あのときもよく飲んだわね」

箸を置いて、妙が茶を啜《すす》った。

「すっかり忘れていたわ。なんだかこの半年ほどは、ぼーっとしてしまっていて」

「その、ぼーっとして暮らして来た原因が、例のお料理ってわけね」

「半年ほど前に、ふと思い出してしまって」

食べ終えた信子が弁当箱に蓋をした。

「お抹茶はどうしましょう」

水菓子を運んで来て、こいしが妙に訊いた。

「今日は遠慮しておきます。信ちゃんも気が急《せ》いているでしょうから」

妙の言葉に、信子が小さくうなずいた。

「あら、代白柿じゃないの。今年はもう終わったかと思ってましたわ」

「ダイシロガキ?」

スプーンを持って、信子が首をかしげている。

「関東じゃ、あまり見かけないでしょ」

妙が夢中でスプーンを動かしている。

「また器がいいわね。バカラのお皿に柿の色がよく映えて」

「ただのバカラじゃないわよ。春海《はるみ》バカラ。割烹《かっぽう》や料亭でも滅多に見ないわね。よくこんな器を持ってらっしゃる」

妙が言うと、こいしがにこりと笑う。

「お父ちゃんの自慢の器ですねん。まだ、ようけ持ってるみたいですよ。しょっちゅう、お母ちゃんに怒られてました。『またローンで買《こ》うてからに』て」

こいしが舌を出した。

「こいし、余計なこと言うてんと、早《はよ》ぅ用意せんかい」

流が厨房から顔を覗かせた。

「はいはい。わかってるやん」と肩をすくめて見せた後、こいしは「ほな、奥でお待ちしてますんで」と、白いエプロンを外した。

「ほんまに口の減らん娘で往生しますわ」

厨房から出て来て、流がこいしの背中を目で追った。

「いつもながら利発で、素敵なお嬢さんですこと」

妙が少しばかり嫌味を含んだ口調で言った。

「お口に合いましたやろか」

弁当箱を下げて、流が信子に訊いた。

「とてもおいしゅうございました。さすが妙さん行きつけのお店だと、ずっと感心しておりました」

信子が言うと、妙がくすりと笑った。

「そろそろ奥にご案内しましょか」

流が柱時計を見た。信子は妙の横顔を窺っている。

「ほな、ちょっとここで待っててくださいな」

妙に向けた流の言葉に、信子は渋々立ち上がった。

案内をする流の後を、信子が数歩以上も遅れて歩く。

「気乗りせんのですか」

立ち止まって流が振り向いた。

「なんだか今になって怖くなってしまって」

信子が床に目を落とした。

「せっかくお越しになったんですさかい、話だけでもなさったらどうですか」

信子から目を離し、流がまた歩き出した。

壁一面を埋め尽くすように貼られた写真を見ながら、信子はゆっくりと歩く。

「これまで作って来た料理やら、昔撮った写真ですわ」

「……」

一枚の写真に信子の目が釘付《くぎづ》けになっている。

「叡電《えいでん》の踏切です。家内とふたりで初めて乗った記念に撮った写真です」

信子の視線を追って、流が照れ笑いを浮かべた。

「お連れしたで」

ドアを開けるとソファが二台向かい合って置かれていて、奥には既にこいしが腰掛けていた。

「どうぞお入りください」

おずおずと信子が部屋に入る。

「そない端っこに座らんと、真ん中に来てください。取って食べたりしませんよって」

苦笑いを浮かべて、こいしが信子に言った。

「慣れないことですので」

「こんなことに慣れてる人なんかいてませんよ。とりあえずここに、お名前、年齢、生年月日、ご住所と連絡先を書いていただけますか」

こいしがローテーブルにバインダーを置いた。

ようやく心を決めたのか、信子はさらさらとペンを走らせる。

「達筆やなぁ。わたしらと違うて字が上手や」

「こいしさんって、愉快な人ね」

信子がバインダーを返した。

「どんな食をお捜しなんです?」

ノートを広げてこいしが切り出した。

「実はよく覚えてないんです。何しろ五十年以上も前、一度きりしか食べたことがなくて」

信子が困惑した表情で答えた。

「覚えておられることだけでいいので、お話しいただけますか。お肉なのか魚なのか、野菜なのか」

「お肉と野菜を煮込んであったと思います」

「和風ですか、洋風ですか」

「洋風です。今から思えばビーフシチューだったのかなと」

「どこで食べはったんです？　お店ですか？」

てきぱきとこいしが質問を重ね、わずかな間を置いて信子がそれに答える。

「お店です。京都の」

「京都のどちらのお店でした？」

「それをまったく覚えていなくて」

「大まかな場所だけでもいいんですが」

「それもまったく……」

信子がローテーブルに視線を落とした。

「せめて場所のヒントくらい無いと」

「そのお料理をいただいているときに、とても大きなショックを受けてしまって、前後の記憶がすっかり飛んでしまっているんです。気がついたら叔父の家に……」

「叔父さんの家はどちらです?」

「北浜というところにありました」

「京都と違うんですか」

こいしはノートから信子へ視線を移した。

「ええ、大阪です」

「でも、そのビーフシチューらしきものを食べたのは京都の店、なんですね。……差支えがないようやったら、そのショックを受けはった状況を、もう少し詳しいにお話ししてもらえます?」

こいしが上目遣いに信子を見た。

「昭和三十二年、今から五十五年ほど前に、わたしは横浜の女子大に通っていました。そこで妙さんとお友だちになったんです。日本の古典文学を学んでおりました。『源氏物語』や『方丈記』、それから『平家物語』。のめり込むようにして勉強していたんです。そんなときに、京都大学で同じ分野の研究をなさっている学生さんの論文を読んで、共感することが多かったので、お便りを出しました。それ以来何度かお手紙を交わし合って、初めてお会いすることになったのが、この京都だったんです。一週間ほど叔父の家に泊まりに行ったときのことでした」

喉の渇きを癒すように、信子が湯呑みの茶を一気に飲み干した。

「そのときが初対面で初デートということですか」

こいしが目を見開いた。

「今の方なら、それをデートだと思うんでしょうけど、ただ日本文学について、お互いの意見を戦わせる、いい機会だと思っただけで」

「でも、話は弾んだんでしょう？」

「それはもう。特に『方丈記』のことなどは、夢中になって語り合いました。というより、一方的に教わったというのが正しいでしょうね」

信子が目を輝かせ、こいしはペンを走らせる。

「話だけやのうて、相手の男性にも夢中にならはったんと違います？」

ノートに目を向けたままのこいしの問い掛けに、信子は頬を真っ赤に染め、まるで少女のような恥じらいを見せた。

「そんなこと……」

「それやったら、ショックを受けるような話には思えへんのですけど」

こいしが首をかしげた。

「今のように自由な時代ではありませんでしたから、ずいぶん話しこんだあと、夕食に誘われたときも、正直なところ随分迷いました。なんだか、ふしだらに思えて」

「そんな時代に生まれんでよかった」

素直な言葉を口にし、こいしは慌てて口をふさいだ。

「それだけでも負担に感じておりましたのに、食事中にいきなり切り出されて、頭が突然真っ白になってしまって」

「お付き合いしてください、とでも言われはったんですか？」

こいしが信子の顔を覗き込んだ。

「それくらいのことで店を飛び出すような失礼はいたしません」

「まさかのプロポーズですか？」

大きな目を見開いたこいしの言葉に、信子は否定も肯定もせず、黙ってうつむいた。

「で、お返事は？」

こいしが身体を乗り出す。

「お返事もできないまま、お店を飛び出してしまって」

うつむいたまま、信子が答える。

「その方は今どないしてはるんです？」

「それっきりです」

「ひえー。プロポーズされて、そのまま連絡もなしで、五十五年後の今に至る、ですか」

こいしがソファにもたれかかった。

「じゃあ、どうすればよかったと、おっしゃるんです？」

信子がやっと顔を上げた。

「すみません。そういう話やないんですよね。人生相談やなしに、食捜し。話を戻しますけど、それはどんなビーフシチューやったんですか」

こいしが座り直して、膝を前に出した。

「半分ほど食べたところで席を立ってしまったので、ほとんど覚えていないんです」

「昭和三十二年ころの京都に、ビーフシチューを出す店って、どれくらいあったんやろ」

こいしが自問自答するようにペンを走らせる。

「ジャガイモとニンジン」

信子が消え入るような声で言った。

「は？　何ですて」

聞き取れなかったのか、ペンを持ったこいしが耳をそばだてる。

「注文を聞いてから、料理人の方がジャガイモとニンジンの皮を剝《む》いて、それを大きな鍋に入れた……」

目を閉じたまま、信子が答えた。

「そんな悠長なことして、お客さん怒らへんのかな。煮込んどいたんを温め直して出したらええのに」

こいしが小首をかしげる。

「お料理が出来上がるまでの間、とてもいい匂いが漂っていました」

天井に目を遊ばせて、信子が記憶を辿っている。

「それやったらプロポーズと違うて、お付き合いしてください、という意味やないんですか？」

「わたしもそう思いました。やがてお料理が運ばれて来て、ひと口いただいたとき、あまりの美味《おい》しさに驚きました。初めて食べる味だったことは覚えております。父が肉好きだったものですから、うちでも似たような煮込み料理が出ましたが、それとはまるで別物でした。しつこくなくて、それでいてコクがある、そんなお味だったかと。そして半分ほどいただいたところで、あの方が突然……」

「プロポーズされたんですね。で、動転して、お店を飛び出してしまわはった。で、その方のお名前は？」

こいしがペンを構えた。

「子元《ねもと》さんだったか、子島《ねじま》さん、いや、子川《ねかわ》さんだったような」

信子が天井を見上げた。

「プロポーズされた人の名前を忘れはったんですか」

呆《あき》れたようにこいしが訊くと、信子はこっくりとうなずいた。

「苗字《みょうじ》に子年の子が付くことだけはたしかです。子年生まれの子ナントカだと、駄洒落《だじゃれ》をおっしゃっていたので。お住まいはたしか上京区だったかと」

こいしがペンを走らせる。

「わたしの様子がよほど異様だったんでしょうね、大阪の家に戻ると、叔父や叔母から、何があったのか訊かれ、ありのままを話したら、すぐに両親に連絡されて、手紙やら何もかも、あの方に関わるものはすべて処分されてしまいました。その時、記憶も消さなきゃいけないと自分に言い聞かせたのだと思います」

「その方を捜すのが、一番早道やと思うたんですけど……。もうちょっとヒントをくださいい。なんでもええんです、そのお店に行く前にどこかへ行ったとか」

こいしがペンを二度、三度振った。

「お店に行く前……。たくさん歩いたような……、そう、森の中を歩きました。深く暗い森だった」

「森、ですか。京都は三方を山に囲まれているさかい、周りはみな森だらけ。森を歩いた、というだけでは、大したヒントにはならへんやろなぁ」

こいしがノートに書き留める。

「そう、森を抜けるとお宮さんがありました。そこで願いごとをして……」

「鎮守の森も数え切れんくらい、京都にはあるやろなぁ」

こいしがペンを走らせて続ける。

「ちょっとずつ思い出してくれはるのは有難いんですが。なんぼ、お父ちゃんでも、これだけではなぁ」

ページを繰りながら、こいしがため息を吐《つ》いた。

「難しいですか」

信子が肩を落とした。

「けど、なんで今になって、そのビーフシチューを食べたいと思わはったんです？」

こいしの問いかけに、信子は大きくまたひとつため息を吐いてから語り始める。

「今年四十になったばかりの、ひとり娘が居るのですが、ずっと独身を続けておりました。わたしが夫を早くに亡くしたものですから、行きそびれていたのだと思います。その娘が半年ほど前にプロポーズを受けましてね」

目を輝かせて、信子が続ける。

「お受けするかどうか、迷っていると申しました。そして〈お母さんは、どんなプロポーズをされたの?〉と訊かれて戸惑ったんです。夫とはお見合いで結ばれましたので、そういう機会はありませんでした。プロポーズと言って思い出すのは……」

「五十五年前のこと」

こいしの言葉に信子はこっくりとうなずく。

「プロポーズされて、答えを出さないままでした。もちろん今更返事をどうこうというわけではないのですが、もしも食事を続けていたらその後の自分の人生は変わっていたのだろうか、と、たしかめてみたくなったんです」

「わかりました。お父ちゃんの腕に期待しましょ」

こいしがノートを閉じた。

「よろしくお願いします」

頭を下げてから、おずおずと信子が立ち上がった。

廊下を歩いて、ふたりが食堂に戻ると、流と妙が向かい合って座り、何やら話し込んでいる。

「ちゃんとお伝えできたの？」

妙が信子に訊いた。

「ええ。丁寧に聞いてくださって」

信子が無表情に答えた。

「次のお約束はしたんか？」

流がこいしに訊いた。

「肝心なことを忘れてたわ。信子さん、捜し出してそれを食べていただくのに、普通は二週間いただくんですが、再来週の今日でもよろしいか」

「それでお願いできれば」

こいしの提案に信子はすんなりと応じた。

「間際になったら、改めてお日にちと時間をご連絡させていただきます」

こいしがバインダーとノートをテーブルに置いた。

「お代はいかほど」

信子がバッグを開けた。

「探偵料は後払いになっていますので、次回お越しになったときに。食事の方は……」

こいしが流の顔色を窺う。

「妙さんからおふたり分、ちょうだいしました」

「あら、ダメじゃないの。ちゃんと別々にお支払いしないと」

信子が財布を妙に差し出した。

「この前のお返しよ。高い鰻をご馳走《ちそう》になったんだから」

短いやりとりを終えて、妙が立ち上がった。

「思いがけん、ゆっくりお話しさせて貰うて、楽しおした」

流が妙と目を合わせた。

「こちらこそ。余計なことまでお話ししてしまって」

妙が横目で信子を見た。

「これ！　入って来たらあかんよ、ひるね」

こいしが引き戸を開けると同時に、トラ猫が敷居に足を掛けた。

「ええか、ひるね。綺麗《きれい》なおべべ着てはるんやから、近付いたらあかんぞ」

流がトラ猫をにらみ付けた。

妙と信子は店を出て、ゆっくりと西に向かって歩き出す。流とこいしは、ふたりが角を曲がるまで、その後ろ姿を見ていた。

「今回はけっこう難問やと思うで、お父ちゃん」

こいしがノートを差し出した。

「今回は、て、いっつも難問やないか」

食堂のテーブルを挟んで、流がこいしと向かい合って座り、ノートを開く。

「捜すのはビーフシチューなんやけどね、ちょっと訳アリなんよ。せやから、灘家さんが覚えてはることが断片的で」

こいしが流の手元を覗き込んで、文字を指差す。

「ビーフシチューか。しばらく食べてへんな。それで、なんやて。森と神社。注文してから野菜の皮剝き。干支《えと》はネズミ。大阪の北浜。なんのこっちゃねん」

流がこいしに言った。

「こんなんで捜せるかなぁ」

腕組みをして、こいしが首をかしげた。

「もうちょっと詳しいに話してくれるか」

流がふたつの掌《てのひら》で頬を押さえ、テーブルに両肘《りょうひじ》をついた。

こいしは順を追って、信子から聞いた話をありのままに伝える。そのつど、流はメモを取りながら、うなずく。沈黙を続ける流の顔を、こいしが覗き込む。

「このビーフシチューを再現するのは、そない難しいことと違う」

ノートに目を落としたまま、流が言った。

「ほんまに?」

こいしが目を丸くした。

「それはええんやが……」

流が額にしわを寄せた。

「なんか問題あるん?」

こいしが不審そうに訊く。

「ま、いろいろや。とりあえずはビーフシチューを捜さんとな」

言葉を濁して、流が立ち上がった。

2

師走も二十日に近くなると、押し迫ったという感がある。鴨川食堂の前を行き交う誰もが、気ぜわしげに早足で歩いている。

「十二時きっかりに、って妙さんと約束したのに」

入口に近いテーブルに着いた信子が、心細そうにガラス窓から外を何度も見た。

こいしはランチョンマットを敷き、カトラリーをセットしている。

「出掛けに、急な来客があったんやそうです。妙さんから連絡がありました」

流が厨房から顔を覗かせた。

「大事な用があると言えばいいのに」

信子が不服そうに言った。

「信子さん。今日お出しする料理のことですけどな」

厨房から出て来た流が、信子の前に立った。

信子は緊張した面持ちで流の次の言葉を待つ。

「お捜しの料理、見つけました。間違いないと思います。ただ、五十五年前と同じようにお作りしたいんで、ちょうど今、お店に入って注文を済ませた、という気持ちになってもらえますやろか」

「わかりました」

神妙な顔つきで、時計の針を戻すように、信子がゆっくりとまぶたを閉じた。

「お父ちゃんからレシピをちゃんと聞いてあるんで、わたしが作らせてもらいます」

信子にそう言い置いて、こいしが厨房に向かう。流は信子と向かい合う席に着き、話し始めた。

「お食べになった店の名前は『グリル・フルタ』です。細い路地に入って、ニセアカシアの葉陰に看板が掛かっています。店に入ると右手にカウンター席があります。信子さんと、もうひとりの男性は、並んでそこに腰掛けました。男性の方がご主人に注文しました。『ビーフシチューをふたつください』。とご主人が、おもむろにジャガイモとニンジンの皮を剝き始めます。今ちょうどそんな瞬間です」

まるで催眠術を掛けるかのように、流が低い声でゆったりと語る。

「あなたがどうしてそれを」

「実は、ビーフシチューだけやのうて、信子さんのその日一日を捜させてもろたんです」

「あの日一日を……」

　信子が天井に目を遊ばせた。

「五十五年前の冬。今日みたいに寒ぅい日やったと思います。或《あ》る男性と信子さんは、三条京阪で待ち合わせをなさったんやと思います。その男性の目的地は下鴨《しもがも》神社やったんでしょう。今やったら出町柳まで直通電車が走ってますけど、当時はありませんでしたさかい、鴨川堤を散歩しながら北に向こうたんですやろな」

　流が京都市内の地図を広げた。信子は身を乗り出して、流の指先を目で追う。

「そう。上流に向かって、河原を歩きました。初対面とは思えないほど、話が弾んで……」

　信子が頬を紅潮させた。

「ここが出町柳。おそらくこの辺から堤防に上がって、糺《ただす》の森に入って行かはったんでしょう。森の中を歩いたと言うてはったんは、ここです」

　高野川と賀茂川が合流するY字の上に広がる緑を、流が指で押さえた。

「こんな街なかではなくて、もっと深い森だったような気がするんですが」

信子が小首をかしげた。

「糺の森は昔の原生林をそのまま残してますさかい、森は深いんですわ」

流がノートパソコンを開き、ディスプレイを信子に向ける。神社の朱の鳥居が映し出されている。

「森を歩いた後にお参りしはった社は、この下鴨神社です。深い森を抜けて、となると、ここしかないんですわ」

「森を抜けたところにある神社は、ここだけじゃないと思いますけど」

信子は懐疑的だ。

「『方丈記』の話をなさってた、となると、ゆかりの下鴨神社にも足を運ばれたはずです。それともうひとつ。この日にご一緒された男性。その方の干支はネズミやと覚えてはりました。なんでです？」

「なぜって言われましても。ご本人がそうおっしゃったからだと思いますが」

信子は探るような目付きをした。

「その方のお名前も忘れてはるというのに、干支だけは覚えてはる。それは言葉やのうて、信子さんの頭に映像が残ってるからやと思いますねん。その方がネズミの神さんにお参りしてはる姿が」

「ネズミの神さま？」

「京都、いや、日本中でも珍しいと思いますが、下鴨神社さんのお社は干支別にお参りするようになってます。言社《ことしゃ》と言いましてな、小さい祠《ほこら》が七つあるんです。その内の五つは、干支が二つずつですさかいに、ふたつにひとつ。けど、ネズミとウマだけは単独です。せやから覚えてはったんでしょう。その方の干支がネズミやと」

「玉砂利を踏んで、朱い鳥居を潜ると、どんなに大きな拝殿があるのかと思えば、小さな祠が幾つも……」

　信子が思い出している。

「映像は消せなんだんですやろな」

「神社を出てからも、ずっと並んで歩きました」

　信子の中で記憶が鮮明になって行く。流はそれを間近に見ている。

「小鍋のルーを入れたら、ちょっとこっちに鍋ごと持って来てくれるか」

　厨房を振り向いて、流はこいしに声をかけた。

「仕上げる直前の状態でええんやね」

　湯気と共に、馨《かぐわ》しい香りが立ち上がる手付きのアルミ鍋を、こいしが運んで来た。

「『グリル・フルタ』はオープンキッチンでしたさかい、カウンター席に座ってはった信子さんは、こんな匂いを嗅いではったはずです」

流が信子に鍋を向けた。

「そう。そうだった。こんな匂い」

信子が鼻をひくつかせる。

「もう十五分足らずで仕上がります」

目を閉じている信子を横目にして、流は鍋を元に戻すよう、こいしに目で合図する。

「ここから先は、わしの余計なお世話やと思いますんで、ご気分を害さはったら、いつでも止めてください」

流の言葉に、信子は一瞬ためらった後、静かにうなずいた。

「この前お越しになって、奥へご案内したときに、廊下を歩いとって、ためろうてはりましたな。あないして、ためらわはるのは、誰か思い出したくない人がその食に絡んでいるときです」

茶を啜ってから、流が続ける。信子は視線をテーブルに落としたままだ。

「ご依頼いただいた、ビーフシチューを捜すのは、そない難しいことではありませんでした。食通には知られた店でしたし、あれこれと作家が書き残してます。歩かはった道筋を辿ったら、あの店に行き着きます。わしの頭を悩ませたんは、ただひとつ。

思い出したくない人を捜し当てたことを、信子さんにお知らせして、ええもんかどうか、です」

流の言葉に、信子は顔を上げ、こっくりとうなずいた。

「その男性は子島滋《ねじましげる》さんという方です。『グリル・フルタ』の常連さんやった方にお訊きしたら覚えてはりました。京大生で苗字に子が付く方」

「子島滋さん……」

信子は呆然としている。

しばらくして、流が顔を覗き込むと、我に返ったように信子が背筋を伸ばした。

「子島さんは、京都大学文学部の学生さんでした。生まれも育ちも京都。当時のお住まいは上京《かみぎょう》区真如堂前町。御所のお近くやったんですな」

ノートを見ながら、流が地図を指した。

「どうして子島さんのことをそんなに詳しく……」

「実は子島さんのお嬢さんからお聞きしましたんや」

「お嬢さんがいらしたんですか」

信子が肩を落とした。

「話を五十五年前に遡《さかのぼ》らせてもろてもよろしいですか」

流が喉の渇きを茶で癒してから続ける。

「子島さんは信子さんと昭和三十二年の十二月に会うたはりますが、年が明けてすぐ、イギリスに渡ってはります」

「イギリスに？」

「留学なさって、そのままロンドンの大学に勤めはって三十五年間、最後は名誉教授にまで登り詰めはりました。イギリスに渡って三年目に現地で結婚されて、お嬢さんをひとり授かってられます。奥さんは五年前に病死なさったのですが、その後も一年前にお亡くなりになるまで、向こうでずっと日本文学の研究をなさってたそうです。きっと信子さんをロンドンに連れて行こうと思わはったんでしょうな。当時あなたは横浜住まい。次の機会にてな悠長なこと言うてられん」

「でも、それはあくまで鴨川さんの想像なんでしょ？」

「いえ、想像やおへん。子島さんの日記に詳しい書いてあったんを、お嬢さんのご好意で見せていただきました。子島さんは昭和三十年からずっと日記を続けておられましたんや。さすがに奥さんに見られたらイカンと思わはったんでしょうな。日記はずっと大学の研究室に保管してはった。子島さんが亡くなった後、研究資料を整理してはったお嬢さんが見つけはったそうです」

流が信子にやわらかな笑顔を向けた。

「さすがにビーフシチューのレシピは書いてありませんでしたけどな」

柱時計に目を遣ってから、流が厨房を振り向いた。

「怖かったんです。あまりに突然やって来た幸せが怖かった」

まるで子島に語りかけるように、信子は言葉を紡いだ。

「遅くなりました」

息せき切ってという風に、妙が店に飛び込んできた。

「遅かったじゃないの」

信子が不満そうに口を尖らせる。

「ちょうど出来上がりましたんで、おふたりで召し上がってください」

こいしが厨房から声をかけた。

「急な来客があったものですから」

妙が息を落ち着かせ、襟元を整えた。

流がビーフシチューを運んで来て、ふたりの前に置いた。

「いい香りですこと」

妙が鼻をひくつかせるが、信子は身動きひとつせず、じっと見つめている。

「熱いうちにどうぞ」

流が促すと、ふたりは合掌した後、揃ってナイフとフォークを取った。

厨房から出て来たこいしと流が、食い入るようにして、ふたりの口元を見ている。

最初に肉を口に入れ、しばらく嚙みしめていた信子が、大きくうなずいた。

「この味でした。間違いありません」

「よかったぁ。お父ちゃん、よかったな」

こいしが流の肩を叩《たた》いた。

「見た目はさらっとした感じですけど、食べるとしっかりコクがあって。デミグラスソースもきっと丁寧に作られたんでしょうね」

妙がにっこり微笑《ほほえ》んだ。

「食通で知られる文豪は『グリル・フルタ』のビーフシチューを、〈味はポトフのよう〉と書き残してますが、わしはちょっと違うと思います。濃いデミグラス色と違うて、淡いトマトソース色やさかいに、あっさりしていると言いたかったんかもしれませんが。予《あらかじ》めフォンで煮ておいた肉をポルト酒でさっと温める。それを野菜と同じ鍋に入れ、デミグラスソースを足して煮込むと、こんな味になります。最初から野菜と肉を一緒くたに煮ると、形が崩れるし、味も混ざる。この『グリル・フルタ』風でやると、デミグラスソースをまとった肉、という感じになる。肉の旨《うま》みとソースの味が口の中へ入って初めて混ざり合うんですわ」

流が少しばかり胸を張った。

「ちょっと味見したけど、メチャクチャ美味しかったわ」

こいしが流の耳元でささやいた。

「お父ちゃんの渾身《こんしん》のレシピや。まずいわけがない」

流が小声で返した。

信子と妙は語らいながら、ゆったりとした時間を過ごしている。食べ終える頃を見計らって流が声を掛けた。

「同じビーフシチューでも、おふたりの味は違うたと思います」

「どういう意味です？」

口元をナプキンで拭《ぬぐ》いながら妙が訊いた。

「妙さんと違うて、信子さんには三十分という待ち時間がありました。その時間も味わいに加わるんですわ。今日はきっと、思い出というスパイスが効いていると思います」

流がやさしい眼差《まなざ》しを信子に向ける。

「子島さん、今はどちらに?」

わずかに頰を染めて、信子が流に訊いた。

「岡崎にある『金戒光明寺《こんかいこうみょうじ》』というお寺に眠っておられます。京都の人には『黒谷さん』と言うた方がわかりやすいかもしれません。亡くなったのは去年の十二月、寒い日やったらしいです」

流がそう答えると、信子は唇を一文字に結んだ。

「ご無礼な振る舞いをしたこと、お詫《わ》びすることもできないままに」

「ボタンの掛け違いさえなかったら」

こいしがぽつりと言った。

「そろそろ失礼しましょうか」

気持ちの整理を付けようとしてか、信子がバッグから財布を取り出した。

「お代金はお客さんに決めてもろてます。お気持ちに見合うた金額をここに振り込んでください」

こいしがメモ用紙を手渡した。

「美味しいビーフシチューでした」

妙が流に一礼した。

「お口に合うてよかったです。妙さんにはスパイスが足りんかったと思いますけど」

流が妙に笑みを向けた。


「ありがとうございました」

店の外に出るなり、信子はこいしと流に頭を下げた。

「そや、うっかりしてました。お渡しせんならんもんがあったんですわ」

流が白衣のポケットから、文庫本ほどの白い封筒を取り出した。

「信子さんにお渡しするように、と、お嬢さんからあずかりました。ハンカチが二枚入ってます」

流が二枚のハンカチを取り出して見せた。

「これは」

信子が驚いた声を出した。

「五十五年前、お店を飛び出さはった信子さんの忘れ物やそうです。もう一枚は子島さんが信子さんにプレゼントしようと思うてはったスワトウのハンカチですわ。綺麗なもんですやろ。『一片月《いっぺんのつき》』というんやそうです。唐の詩人、李白《りはく》の子夜呉歌《しやごか》にちなんだ図柄らしいです。調べてみたら、子夜呉歌という詩は、遠くに離れた人のことを恋しく待つ、という内容でした。お忘れになったハンカチと一緒に、信子さんのお家に送らはったんですが、受け取りを拒否されたそうです。あなたが留守してはった時に届いたんでしょうな。縁が繋がらんかった……」

二枚のハンカチを封筒に戻し、流が信子に手渡した。

「ありがとうございます」

差出人の名をじっと見つめ、封筒を握りしめた信子の頬を、ひと筋の涙が伝った。

「こんな粋なプレゼントをなさるなんて」

妙が目頭をハンカチで押さえた。

妙と信子はゆっくりとした足取りで店を後にする。こいしと流はふたりの姿が見えなくなるまで店の前で立ち尽くしていた。


店に戻った流とこいしは片付けを済ませ、夕餉《ゆうげ》の支度を始める。

「お父ちゃん。まさか、昔の恋人、こいしていう名前やったんと違うやろね」

居間に入るなり、こいしが流をにらんだ。

「アホ言え。わしは生涯お母ちゃん一筋や。なぁ掬子」

振り向いて、流が仏壇に笑みを向ける。

「お母ちゃん、騙《だま》されたらアカンよ。男の人なんて、何を考えてるか、ワカラへんねんから」

「そんなこと言うとるさかい、いつまで経ってもヨメに行けへんのや」

「行けへんのと違う。行かへんの。しょうもない男ばっかりやもん」

「減らず口叩いてんと、早ぅ晩飯の仕度せい。お母ちゃん、待ちくたびれてるがな。ビーフシチューとワイン。掬子の好物やったな」

「ちょ、ちょっと待って、お父ちゃん、どないしたん。そのワインてメチャクチャ高いんと違うの」

「ようわかるやないか」

「ようそんなワイン買うお金あったたなぁ」

「秀さんな、思わんようけ振り込んでくれはったんや」

「楽しみやねぇ。それ、何ていうワインなん？　聞いてもわからへんやろけど」

「『シャトー・ムートン・ロートシルト』や。お母ちゃんの生まれ年一九五八年。このラベルはダリが描いたんやで。高い言うても五九年より安いんや。大したことはない。お前にこの前買うてやったパソコンと同じくらいや」

「え？　このワイン一本が十万円もするん？」

「まあ、ええがな。お母ちゃんは生きとる間、かけらも贅沢《ぜいたく》せんかったんやから」

「お父ちゃんて、ときどきこういう思い切ったことするなぁ」

「それに今日はお母ちゃんの命日やさかいな。まさかお前忘れてたんやないやろな」

「忘れるわけないでしょ。はい。お母ちゃん」

こいしが花束を解いた。

「クリスマスローズ。お母ちゃんが大好きやった花」

仏壇の前に置かれた小机に供える。

「ちょっと冷えて来たな」

流が窓の外に目を遣る。

「初雪、やったらええのにね。お母ちゃん、雪が大好きやったし」

目を閉じたこいしが仏壇に手を合わせた。

第三話　鯖寿司

1

京都駅から乗り込んだタクシーの後部座席で、岩倉友海《いわくらともみ》は何度も腹をさすった。新幹線の車中で打ち合わせをしながら食べた弁当が、まだ腹にしっかり残っている。なのにこれから向かうのは食堂だ。常用している胃薬を持って来なかったことを、岩倉は少しばかり後悔した。

烏丸《からすま》通でタクシーを降りた岩倉は、周囲の様子を窺《うかが》った後、注意深く黒縁の眼鏡を外して、東本願寺の前に植わる銀杏《いちょう》の木を見上げた。

葉が黄金色に染まっている。秋が深まっていることに、岩倉は今初めて気付いた。

東京で仕事をしているときには、まるで意識しない季の移ろいを感じさせてくれるのが京都という街だ。

信号が青に変わった。眼鏡を掛け直し、俯《うつむ》き加減で横断歩道を渡る。正面通の左右を見渡しながら、気ぜわしげに目を動かす。細い通りには仏具店や法衣《ほうい》商、雑居ビルなどが建ち並んでいる。タクシー運転手が言ったとおり、たしかに食堂とおぼしき店は見当たらない。

タクシーの真後ろにピタっと追尾していた黒塗りのセダンは、真横を通り過ぎて道端に停《と》まり、こちらの様子を窺っているようだ。それを横目で見て、岩倉は小さく舌を打ってから、足早に歩き出した。

「この辺に食堂はありませんかね」

背を屈《かが》め、手押し車を押す老婆に、すれ違いざま岩倉は訊《き》いた。

「食堂やったら、もう一本南の通りにありますわ。『第矢食堂』のことでっしゃろ？」

腰を伸ばしながら老婆が答えた。

「いや、そんな名前じゃないんですが」

岩倉の言葉を聞いて、老婆は宅配便の車を指さす。

「あのお兄ちゃんに訊いてみなはれ。わてらみたいな年寄りにはようわからんで」

岩倉は、小走りで通りの向かい側に停車しているトラックに向かった。

「すみません。この辺りに『鴨川食堂』という店はありませんか」

「『鴨川食堂』？　聞いたことないですねぇ。この辺の住所なんですか」

青い縦縞《たてじま》のユニフォームを着た、宅配便のドライバーが荷台を整えながら、二度ほど首をかしげる。

「ええ。正面通の東洞院《ひがしのとういん》を東、って聞いたんですが」

口ひげを撫《な》でながら、岩倉がメモ書きを見せた。

「ああ。ここね。その右側の二軒目。看板を取り外した痕《あと》があるでしょ」

大きな段ボール箱を抱えたドライバーが、顎で差した先には、殺風景なしもた屋があった。

岩倉がメモをポケットに仕舞いこむと、ドライバーは小さく笑みを浮かべてから、トラックに乗り込んだ。

岩倉はゆっくりと歩を進め、細い通りを渡って建屋の前に立った。

店らしくない佇《たたず》まいに一瞬戸惑ったような表情を見せた岩倉は、意を決してアルミの引き戸を横に引いた。

「いらっしゃ……」

振り向いた女性の言葉が途中で固まってしまった。

「食事、できますか」

白衣をまとった若い女性は、ゆっくり首を傾けてから、料理人に伺いを立てるように、厨房《ちゅうぼう》の奥を覗《のぞ》き込んだ。

「おきまりの定食しかできしませんけど、それでよかったら」

店の構えとは不釣り合いなほど、きちんとした身なりの料理人が、厨房から岩倉に顔を向けた。

「それでいいです。量は少なめにしてください」

ホッとしたような顔を見せて、岩倉が四人がけのテーブルに着いた。デコラ貼りのテーブルの上には新聞と週刊誌が無造作に置かれている。つい今しがたまで客が居たのだろう。

赤いビニール貼りの丸いパイプ椅子に腰掛けて、周りを見回す。四人がけのテーブルが四つと、厨房との境にカウンター席が五つ。入口近くの天井には吊《つ》り棚が取り付けてあり、神棚と並んで液晶テレビが置かれている。先客はふたり。テーブルとカウンターに男女がひとりずつ。どちらも岩倉に背を向けている。外観は怪しいが、中に入ればいたって普通の食堂だ。岩倉は新聞を広げた。

「こいしちゃん。お茶くれるかな」

テーブル席の若い男性が、白衣の女性に声をかけた。

「ごめんなぁ、浩さん。気がつかんと」

こいしと呼ばれた女性は猫なで声を出して、テーブルに駆け寄り、湯呑《ゆの》みに急須《きゅうす》を傾けている。

言われてみればたしかに、こいしという名前がよく似合う女性だ。小柄で丸顔。どんな漢字だろうと考えて、岩倉はしごくシンプルに、小さい石を思い浮かべた。

「今日のカレーはいつもより辛かったな。激辛に近いよ。流さん、レシピ変えたのかな」

額の汗を白いハンカチで拭《ぬぐ》いながら、浩さんと呼ばれた男性客がこいしに訊いた。

「どうなんやろ。うちのお父ちゃん、気まぐれやさかいな。ただたんに、今日の気分は激辛、いうだけと違う?」

さっきの料理人はこいしの父親のようだ。親子で切り盛りする店なのか。どうやら料理人が言った、おきまりの定食とやらはカレーらしい。

「デザートをお持ちしま……、あ、すみません、水菓子をお持ちしました」

こいしがカウンター席に小さな盆を運んで来た。

「それでよろしい。西洋料理ならデザートですが、日本料理の最後に出す果物は水菓子と言いなさい。おや。お抹茶が見事に点《た》ってますこと。心していただきますわ。早くこっちを下げてくださいましな」

着物姿の老婦人が、幾つかの器が載った折敷《おしき》を差した。

「言われんでも下げますやんか。最後のご飯まで、綺麗《きれい》に召し上がってもろて、お父ちゃんも喜びますわ」

折敷を下げ、ダスターでカウンターを拭きながら、こいしが愚痴っぽい口調で言った。

「流さん。今日も美味《おい》しゅうございました」

カウンターの老婦人が中腰になって、厨房に声をかけた。

「妙さん。いつもありがとうございます。お口に合うて何よりですわ」

流と呼ばれた料理人が厨房から顔を覗かせて、老婦人に笑顔を向けた。

日本料理という言葉を使ったからには、どうやらこの老婦人が食べたのは激辛カレーではないようだ。広げた新聞の隙間から、岩倉が横目で覗くと、妙と呼ばれた女性の前には抹茶碗と果物が置かれている。

「でも流さん。茶碗蒸しに松茸《まつたけ》は余分ですわよ。きっと丹波産でしょうけど、香りが強過ぎて、せっかくの茶碗蒸しの風味が台無しです。過ぎたるは猶《なお》ナントカって申しますでしょ。淡いお出汁《だし》の効いた茶碗蒸しには百合根《ゆりね》と蒲鉾《かまぼこ》、椎茸《しいたけ》だけで充分です」

中腰になった老婦人がきっぱりと言い切った。

「妙さんには、かないまへんな。以後気ぃ付けますわ」

白い帽子を取った流が苦笑いを浮かべた。

「いつもと同じでよろしいのかしら」

着物姿の妙さんが財布を出した。

「八千円ちょうだいします」

こいしが平然とした顔付きで応える。

「ごちそうさま」

妙さんは一万円札をこいしに渡し、釣りを受け取る気配などまるで見せずに、店を出て行く。妙さんの立ち姿は思ったより背丈も高く、伸びた背筋に龍田川の絵柄の帯がよく似合っていた。岩倉はその後ろ姿を呆然《ぼうぜん》と見送った。

「長いことお待たせして、すんまへんでしたな」

流と呼ばれていた料理人が、アルミのトレーに載せて、岩倉に料理を運んで来た。

「これが、おきまりの定食……ですか」

テーブルに並べられた料理を見て、岩倉が目を白黒させている。

「うちの店は品書きがないんですわ。初めてのお客さんには、おきまりの定食を出させてもろてます。これを食べていただいて、気に入ってもろたら、次にお越しになるときは、お好みの料理を作らせてもらいます。ま、ゆっくり召し上がってください」

流がトレーを小脇に挟んで軽く一礼した。

「あの……」

その背中に岩倉が声をかけると、流が振り向いた。

「なにか」

「ここは『鴨川食堂』、ですよね」

「ええ、まぁ、そんなようなもんです」

「鴨川探偵事務所はどちらに？」

「なんや。そっちのお客さんやったんですかいな。それやったら、そうと最初から言うてもろたらよかったのに」

流が料理を片付け始めたのを見て、慌てて岩倉が制した。

「いや。料理はもちろんいただきます。その後で、ちょっとご相談を」

言いながら岩倉が箸を取った。

水菜と揚げの煮びたし。にしんと茄子《なす》の煮物。カブの浅漬け。じゃこの玉子とじ。〆鯖《しめさば》。ずいきの胡麻和《ごまあ》え。西京焼きはマナガツオだろうか。焼き立てらしく湯気が立ち上がっている。味噌汁《みそしる》の具は玉ねぎとじゃがいも。岩倉は小さく合掌してから清水《きよみず》焼《やき》のご飯茶碗を左手に持って、箸を伸ばした。

初めて訪れた店なのに、懐かしい皿が並んでいる。満腹状態なのもすっかり忘れ、真っ先に箸を付けたのは、じゃこの玉子とじだった。

口に運んですぐ、岩倉は思わず目を閉じた。甘い玉子に、じゃこの微《かす》かな苦味が重なる。芳ばしい胡麻油の香りも昔と同じだ。前屈みになって、岩倉は行儀悪く迷い箸をした。

箸で挟むと、あっさりとその身を崩すにしんは、いくらか濃い目の味付けが嬉《うれ》しい。浅漬けで箸を休めて、味噌汁の椀を手にした。岩倉は子供の頃からずっと、味噌汁の具は、じゃがいもと玉ねぎの取り合わせを最上と信じている。味噌加減もちょうどいい按配《あんばい》だ。次々と平らげ、思いがけず飯茶碗を空にすると、それを見たこいしが、くすりと笑った。

「ご飯のお代わり、どうです。まだ、たんとありますよって」

こいしがトレーを差し出した。

「ありがとう。もっと食べたい気もするが、これくらいにしておくよ」

ハンカチで口ひげを拭ってから、岩倉は飯茶碗に掌《てのひら》で蓋をした。

胃がはちきれそうになっている。夢中になって食べたことを幾分後悔していた。

「お口に合《お》うたようでよかったですわ」

急須の茶を注ぎながら、こいしが言った。

「所長。そちらさんは、おまえのお客さんやで。いっぷくしはったら、奥へご案内するで」

器を下げに来た流が言った。探偵はこいしの方だったのか。岩倉はいくらか驚いた。

「なんや、そうでしたん。それやったら、そうと最初から言うてもろたらよかったのに」

ていねいにテーブルを拭きながらこいしが言った。

さすがに父と娘、言葉も口調もまるでそっくりだ。

「あなたが〈食〉を捜してくれるんですね」

茶を啜《すす》りながら、岩倉がこいしを見上げた。

「厳密に言うたら、捜すのはお父ちゃんやけどね。わたしはただの窓口。て言うか、通訳みたいなもんですわ。こんなこと言うたら失礼かもしれませんけど、〈食〉を捜してくれ、てなこと言わはるのは、けったいなお客さんでしょ。お父ちゃんには理解できひんことが多いんです。それをわたしが嚙《か》み砕いて……」

小柄なこいしが腰を屈めると、椅子に座る岩倉と顔が並ぶ。

「こいし。余計なこと言わんでええ」

熱弁を振るうこいしを、流が厨房から顔を覗かせて制した。

「ごちそうさま。流さん、やっぱりこれくらい辛い方が旨《うま》いと思うよ」

ずっとスマートフォンをいじっていた浩さんが立ち上がって、厨房に声をかけた。

「おおきに。グルメの浩さんにそない言うてもろたら嬉しいな」

流が満面に笑みを湛《たた》えた。

「いつも言ってるでしょ。僕はグルメなんかじゃない、ただの食いしん坊」

浩さんは、五百円玉をパシっとテーブルに置いて、アルミの引き戸を引いた。

「こら、ひるね。入って来たらあかんよ。またお父ちゃんに蹴飛ばされるんやから」

こいしが高い声で叫んだ。入口に寝そべっていたトラ猫が、浩さんの足元にじゃれついている。

「そうだよ、ひるね。流さんには気をつけないとな」

浩さんがトラ猫の頭を撫でてから、東に向かって歩き出した。

「浩さん、明日はお休みやからね。他の店に行っといてな」

こいしが寂しげな声を背中にかけると、浩は後ろ手をひらひらと振った。

客は岩倉ひとりになり、急に静かになった。こいしは早足で店の奥に引っ込んでいった。

岩倉の携帯電話が胸ポケットの中で震え、メール着信を報《しら》せた。

〈あと三十分がタイムリミットです〉

ディスプレイを見て、岩倉が小さくため息を吐《つ》いた。

「よかったら奥へどうぞ」

厨房から出て来て、流が岩倉に手招きした。

「探偵事務所は店の奥にあるのですか」

「探偵事務所やなんて、立派なもんやおへんのですわ。よろず相談所みたいなもんで。今日び、食堂だけでは食うていけまへんしな」

厨房の横にあるドアを開けた流が細長い廊下を歩く。廊下の両側の壁は料理写真のピンナップで埋め尽くされている。

「これは全部、ご主人がお作りに？」

「そないな大層なもんやないんですが。料理は作るのも食べるのも好きですさかい」

振り向いて流が微笑《ほほえ》んだ。

「これは、ひょっとして中華の……」

左側の壁の中ほどに貼られた写真を岩倉が指した。

「ああ、それね。そうです。仏跳牆《ファッチューチョン》ですわ。あんまり旨そうな匂いがするさかい、修行中の坊さんでも、垣根を飛び越えて食べに来る、っちゅうやつです」

立ち止まって流が答えた。

「しかしこの料理は食材を揃《そろ》えるだけでも大変だと思うんですが、失礼ながらこの食堂で？　どなたにお出しになったんですか」

岩倉が訊いた。

「うちの家内に作ってやったんですわ。万病に効く、と言われてましたさかいに。まぁ、大した効果はありませんでしたけど、美味しい、美味しいと何度も言うてくれたんで、効き目はともかく、味だけはよかったんやと思います」

流が寂しげな笑みを浮かべた。

「どうぞ、こっちです」

先を歩く流がドアを開けた。岩倉は流に一礼して、真《ま》っ直《す》ぐ部屋に入って行った。

六畳ほどの洋室にはローテーブルを挟んでソファが二台置かれ、奥のソファには黒いスーツに着替えたこいしが座っている。向かい合って、岩倉が腰をおろした。

「鴨川こいしです。よろしくお願いします。早速ですけど、こちらにお名前、ご住所、年齢、生年月日、連絡先、ご職業をご記入いただけますか」

改めて挨拶した後、こいしがグレーのバインダーをテーブルに置いた。

「全部書かないといけませんか」

岩倉がペンを持ったまま、こいしの顔を真っ直ぐに見た。

「大丈夫ですよ。個人情報はきちんと管理していますし、守秘義務もありますから。あ、けど差支えがあるようやったら、いいですよ。山田太郎、とか適当に書いといてくれはったら。連絡先だけ間違いないように」

こいしが事務的に答えた。

少し考えたあげく岩倉は、こいしの提案どおり、山田太郎と書き、適当な住所を記入し、職業は公務員とした。五十八歳という年齢は正直に記入し、連絡先は私用の携帯電話番号を書いた。

「そしたら、山田太郎さん。本題に入りましょか。どんな食を捜したらええんです」

こいしが訊いた。

「鯖寿司《さばずし》を捜して欲しいんだ」

「どんな鯖寿司ですか？　たとえば京都の名店『いずう』さんの繊細な鯖寿司とか。それとも『花織』さんみたいなワイルドな……」

こいしがノートにペンを走らせる。

「いや、そんな有名な店のものじゃなくてね。子供のころに食べた鯖寿司なんだよ」

岩倉が眼鏡を外して、遠い目をした。

「山田さん。以前どっかでお会いしたことありません？」

こいしが前のめりになって、岩倉の顔を覗きこんだ。

「いや、今日初めてお会いしましたよ」

岩倉は顔をそらし、慌てて眼鏡をかけた。

「まぁ、それはええとして。で、どういう思い出なんですか」

こいしがペンを持つ手を止めた。

「もう五十年近くも前のことだから、いくらか曖昧な部分もあるのだがね」

岩倉が記憶を辿《たど》りながら、ぽつりぽつりと語り始めた。

岩倉の生家は、ここから北へ五キロばかりはなれた京都御所の西、武者小路町《むしゃこうじちょう》にあった。

「父はずっと東京に行っていて、家に居た記憶がない。たいてい、母親と妹と三人で食卓を囲んだな。会話もなく、静かな寂しい食卓だった。そこに鯖寿司があったわけじゃないいんだ」

岩倉の眉が寂しげに歪《ゆが》んだ。

「そしたら、どこでその鯖寿司を？」

こいしが幾分声を落とす。

「近所にあった『くわの』という旅館で食べたんだ」

「旅館ですか。ということはプロの料理ですね」

こいしが勢い良くペンを走らせる。

「それは少し違うな。旅館といっても、わたしが食べたのは、店で出すものとは違ったと思う」

岩倉が思い出の中にある鯖寿司を語り始めた。

「五十年前ということは、山田さんはまだ八歳ですよね。失礼ですけど、小さい子供に、そんな区別がついたんですか。旅館で出す料理やないいて」

こいしが訝《いぶか》しんだ。

「もちろん同じ物を旅館でも客に出していたかもしれない。だが、わたしが食べたのは、たとえ同じものであったとしても、商品じゃなかった」

そう言って、岩倉は小さく胸を張った。

「わかったようで、わからん話やな」

こいしが苦笑いした。

「旅館の一部が女将《おかみ》さんの住まいになっていてね。わたしはいつもそこの縁側で遊ばせてもらっていた。三時を過ぎたころになると、決まっておやつを持って来てくれる。甘いものじゃなくて、焼き芋だとか、赤飯だとか、お腹《なか》の足しになるような、そんなおやつだった。その中で特に記憶に残っているのが鯖寿司なんだ」

「具体的に、どんな鯖寿司だったんです?」

ペンを持ったこいしが耳を傾ける。

「抽象的かもしれないが、あのときの鯖寿司といって真っ先に浮かぶのは、幸せという言葉だ。具体的にとなれば、一番記憶に残っているのは、酢飯が黄色かったことかな」

「酢飯が黄色い、と。他には何か」

こいしがペンを走らせる。

「今のように甘くなく、酢飯の味がもっと酸っぱかったような気がする。レモンのような……。あと、そうそう、宿の女将さん、たしか沖縄が味の決め手だと言ってたな」

「沖縄？　鯖寿司の味の決め手が沖縄、ですか」

書きとめながら、こいしは何度も首をかしげた。

「五十年も前の記憶だから、違っていることもあるかもしれないがね」

こいしの反応に、岩倉はいくらか弱気も見せる。

「女将さんが沖縄の出身だったかもしれませんね」

「それはどうだか、わからんが、生きた鳥居がどう、とかという話はよく聞かされた。女将さんの家の近くに生きた鳥居がある、そんな話だったような」

顎を上げた岩倉が、天井に目を休めた。

「生きた鳥居。沖縄にそんなんがあるんやろか。ますますわからんなあ」

こいしはノートに想像図を描いて、大きなため息を吐いた。

「記憶にあるのは、そんなところかな」

イラストを見た岩倉が、ゆっくりとソファにもたれかかった。

「だいたいわかりました。けど、これだけで、お父ちゃん、捜せるかなぁ」

書き終えたノートの数ページを繰りながら、こいしが不安げに首をかしげた。

「期待していますよ」

岩倉がソファから身体《からだ》を起こした。

「今のお話やったら、そのものズバリは無理やと思うんです。その鯖寿司を再現して、食べてもらうということでよろしいですか」

こいしの問いかけに、岩倉は黙ってうなずいた。

「まずは、この人を捜して、それから食材を見つけて、やろ。それができたら味付けを探って……。そうやな、二週間いただけますか。二週間後にはなんとか」

ノートを閉じて、こいしが顔を上げた。

「二週間？　そんなには待てないな。一週間で捜してくれないか。来週の今日、またここに来るから」

岩倉がこいしの目を見返した。

「えらいお急ぎなんですね。一週間後やないと、あかんというわけでもありますのん？」

岩倉は、ぎっしり埋まったスケジュール表を頭の中で思い浮かべた。来週の京都行きを逃すと、次はいつ来られるともしれない。

「それも言わないといけないかね」

眼鏡の奥で、岩倉の目が静かに開いた。

「いえ、別にええんです。個人的にちょっと興味があっただけで」

気圧《けお》されて、こいしは目を伏せた。

「よろしく頼みます」

テーブルに両手をついて、岩倉が頭を下げた。

「すべてはお父ちゃん次第やけど。なんとか頑張らせてみます」

「ありがとう」

「けど、こんなん言うたら失礼やけど、山本さんて変わってはりますね。お話聞いてたら、その鯖寿司、ちっとも美味しそうやないわ。今の京都にはいくらでも美味しい鯖寿司があるのに、わざわざそんな変わったんが食べたいやなんて」

「こいしさん。それはあなたがまだ若いからですよ。若いときは無条件に旨いものに屈するんだがね、わたしらのように歳《とし》をとってくると、思い出というスパイスに心を惹《ひ》かれる。あんなにわたしを幸せにしてくれた鯖寿司をもう一度食べてみたい。それと、わたしは山本じゃなくて山田だ」

岩倉が苦い笑いを浮かべた。

「失礼しました。でも山田さん、わたし、そんな若くはないですよ。とうに三十路《みそじ》は過ぎましたし。一週間か……。もう一日だけください。来週の水曜日に。食堂の方が休みなんで、何かと都合がええし」

今回は束《つか》の間《ま》の休みを使って訪れたが、来週は公用の出張となる。自由になる時間は限られるものの、少しばかり無理をすれば一時間くらいはなんとかなるだろう。

「水曜ですね。承知しました。ではお昼ごろに参ります。もし難しいようなら、早めに連絡ください」

「お父ちゃんは見極めが早いさかい、あかんときはあかん、てすぐにわかります」

こいしが目尻に細かなしわを寄せた。

「さっきのお食事と併せて、お支払いを」

岩倉が財布を出した。

「こっちは成功報酬になってますので、来週お越しになったときに。おきまりの定食は千円になります」

「あの素晴らしい内容で千円？　なんだか申し訳ないようだけど」

岩倉が千円札をこいしに渡した。

「領収書はどないしましょ」

「いいよ、要らない。あ、そうだ、山田太郎宛に切ってくれるかな。いい記念になりそうだから」

岩倉が嬉しそうに答えた。

「タクシー呼びましょか。この辺は意外とつかまえにくいんです」

領収書を切りながらこいしが言った。

「大丈夫。ぶらぶら歩いて帰るよ」

こいしに先導され、細長い廊下を歩いて店に戻ると、新聞を広げた流が険しい顔付きをして、カウンター席でカレーを食べていた。

岩倉を見た流は慌てて新聞をたたみ、スプーンを置いた。

「どうぞゆっくり召し上がってください」

岩倉が素早く新聞に目を走らせ、肩を強《こわ》ばらせた。

「こいし。あんじょう話はお聞きしたんか」

コップの水を飲み干して、流がこいしに訊いた。

「ちゃんと聞いといたって。あとはお父ちゃんの腕にかかってるんよ」

こいしが流の腕を平手で打つと、小気味いい音が店に響いた。

「そない力入れんでも」

顔をしかめて流が腕をさする。

「じゃ、来週また。よろしくお願いします」

小さく微笑んでから、ゆっくり腰を折って、岩倉が店を出て行った。

「おおきに。そしたら来週また、お待ちしてます」

その後ろ姿にこいしが一礼し、流もそれに続いた。

「こいし。お前、今なんて言うた。来週また？　いっつも言うてるやろ、結果を出すのには最低でも二週間かかる、て」

頭を上げるなり、流がこいしをにらみつけた。

「せやかて山田さんが、一週間後にしてくれて、言わはったんやもん。お父ちゃん、いつも言うてるやないの。お客さんのリクエストに応えるのが探偵の役目やて」

「口の減らんやつやな。ま、言うてしもたもんは、しゃあない。で、どんな案件なんや。一週間で解決できそうな簡単な話やったか」

こいしの持つノートを、流が素早く取り上げて頁《ページ》を開いた。

「お父ちゃんやったら簡単やろ。三日もあったら充分なんと違う」

こいしが流の背中を叩《たた》くと、さっきよりも大きな音がした。

「こんな鯖寿司なんか知らんで、わし」

ノートに目を落としたまま、流が眉間に縦ジワを何本も作った。

「それを捜し出すのが、お父ちゃんの腕やんか。しっかり頑張ってな。そや。わたしもカレー食べよ。浩さんが気に入ってはったカレーって、どんな味なんやろ」

スキップしながら、こいしが厨房へ入って行った。

パイプ椅子に腰掛けて、流はノートの頁を繰った。流の表情は険しくなる一方だ。

「カレー、美味しいわ」

こいしが厨房から笑顔を覗かせるが、流はノートから目を離すことなく、指で字を追っている。

「〈黄色い酢飯〉、〈レモン〉、〈沖縄〉、〈旅館くわの〉、〈生きてる鳥居〉……。主なヒントはこれくらいか。えらい難問やがな」

ノートを閉じた流が、腕を組んで天井を見上げた。

「大丈夫。お父ちゃんやったら、それくらいの謎はすぐ解けるて。それより、お父ちゃん。さっきエライ恐《こわ》い顔して新聞読んでたけど、なんかあったん?」

皿を洗いながらこいしが大きな声を上げた。

「もう十日もしたら、また消費税アップの法案が通るらしい。今でも苦しいのにやな、これ以上上がったら、日本中皆お手上げやで」

流が新聞をテーブルに放り投げた。

「ほんまやね。今の総理大臣も成り立てのころは、エエこと言うてはったのに、今はもうグズグズや」

こいしが食器棚に皿を重ねた。

「あの人も所詮、二世政治家やさかいなぁ。周りに流されてしまうんやろ。けど、総理になったときに、『決断するときは毅然として……』て言うたことを忘れてはらへんと、わしは信じとるんやが」

視線に力を込めて、流が新聞の写真を見つめた。

「政治がどないなっても、とにかくうちらは仕事せんと。銀行行って来るわ」

こいしがエプロンを外した。

「そやな。ここでじっと考えとっても、ええ知恵は浮かばん。ちょっと武者小路町へ行ってみるわ。一週間しかないんやから、ぐずぐずしとられん。近所で訊いたら、なんぞ旅館のこともわかるやろ」

流が白衣を脱いで椅子の背にかけた。

「行ってらっしゃい。けど夜までには帰るやろ？　今晩どうする？　なんかお寿司食べたい気分なんやけどな」

こいしが流に流し目を送った。

「贅沢《ぜいたく》なこと言いおってから。どうせ、あれやろ。浩さんとこ行きたいんやろ」

「あたり。さすがお父ちゃん。素晴らしい推理や」

「おだててくれてもな、お父ちゃん今ピンチやねん。オゴルわけにはいかん。言うとくけど、今夜は割り勘やで」

「ケチ。ま、ええわ。浩さんのお寿司食べられたら」

こいしが頬を紅《あか》く染めた。

2

紅葉シーズン只中《ただなか》とあって、京都の街は人で溢《あふ》れかえっていた。鴨川食堂の前の正面通も、東本願寺と枳殻邸《きこくてい》を往き来する観光客で、いつにも増して賑《にぎ》わいを見せている。

「山田さん、ちゃんと来はるかなぁ」

店の前で屈み込んだこいしが、ひるねの背中を撫《な》でている。

「あんじょう連絡したんかいな」

やきもきした表情で、往き来する人々を流が見回した。

「したわよ。けど山田さん、なんや忙しいしてはるみたいで、時間は先週より少し遅くなる、て言うてはったから」

「けど、もう一時やで。この前はお昼ちょうどに来はったがな」

足元でじゃれつくひるねを、流が追い払った。

「あれと違うかな。今タクシーから降りはった、あの人」

こいしが東本願寺の方を指した。

「遅くなりました。わざわざお出迎えいただいたんですか」

ダークブルーのスーツを着た岩倉が、白衣姿のふたりに小走りで近付いて来た。

「猫と一緒に日向《ひなた》ぼっこしてたんですわ。ま、どうぞお入りください」

流が引き戸を引いた。

「急がせてしまって申し訳ありませんでした」

店に入るなり岩倉が頭を下げた。

「これからお仕事でしょ。早速本題に入りますね。あとはお父ちゃんに」

こいしが岩倉をテーブル席に案内した。先週のラフなスタイルと違い、どう見ても岩倉は仕事中に抜け出して来たようだ。

デコラ貼りのテーブルを挟んで、流が岩倉と向かい合って座る。こいしは厨房に入って行った。

「で、どうでした。見つけていただけましたか」

ひと呼吸おいてから、岩倉が切り出した。

「見つからんかったら、ここに来てもらわんでしょう」

流が苦笑いした。

「ありがとうございます」

「礼を言うてもらうのは、まだ早いですわ。わたしは、山田さんが捜してはる鯖寿司はこれやと思うて作ってみましたけど、見当はずれかもしれまへん。そのときはどうぞ堪忍しとうくれやっしゃ」

「元より承知しております」

射抜くような視線を岩倉が流に向けた。

「こいし。右から二本目を切ってくれるか。ひと切れを二センチ弱にな」

厨房に向けて首を回した流が大きな声を出した。

厨房から、ストン、ストンと包丁の音が聞こえる。ゆっくりしたリズムで五回繰り返された。

「お酒もありますけど、お茶でよろしいやろか」

黒塗りの盆に古伊万里の長皿を載せて、こいしが鯖寿司を運んで来た。

「もちろんお茶でけっこうです。まだ仕事を残していますから」

岩倉が長皿にさっと目を向けた。

食い入るように見つめる岩倉は無言のままだ。

「さ、どうぞ」

背筋を伸ばした流が、掌《てのひら》を鯖寿司に向けた。

流の奨めにしたがって、岩倉が合掌してから、逸《はや》る気持ちを抑えられないように、急いで鯖寿司を口に入れた。流とこいしがその口元、表情をじっと窺っている。

岩倉は大きく口を動かして、嚙み締めながら鯖寿司をじっくり味わっている。

またしばらく沈黙のときが流れる。

「間違いない。これです。わたしが捜していた鯖寿司は」

かすかに瞳を潤ませて、岩倉が口を開き、もうひと切れの鯖寿司を手に取った。

「よかったぁ」

こいしが思わず拍手した。

「この色と爽やかな酸味。歯ごたえ。完璧です。まるで魔法を見ているようだ。五十年前にわたしが食べた鯖寿司を、食べてもいないあなたがどうして……。もう少し詳しくお話しいただけませんか」

箸を置いて、岩倉が姿勢を正した。

「先週お越しになったとき、山田さんがこいしにお話しなさったことを、ひとつひとつたしかめてみましたんや。〈旅館くわの〉、〈生きてる鳥居〉、そして〈黄色い酢飯〉、〈沖縄〉。主なキーワードはこの四つやと思うたんです。まず、昔その旅館があったという上京区の武者小路町を訪ねてみました。もちろん今は旅館の影も形もありませんでしたが、ご近所の方に訊いたら、どうやら〈くわの〉は苗字やのうて、地名らしいということがわかりました。けど〈くわの〉てな地名は日本中に山ほどあります。ちょっと途方に暮れとったんですわ」

ひと息いれるように、流が茶を飲んでから続ける。

「〈旅館くわの〉の跡地はマンションになっていました。その前庭に一本、木が植わってましてね、それがトサミズキやったんです。訊いたら、旅館の頃からあったと言うんです。ひょっとしたら女将さんは土佐の方やないかなと。くわの、という地名にも覚えがあったんです。どっかでその名前聞いたなぁと。調べてみたら桑《くわ》ノ川《かわ》という地名がある。高知県の南国市《なんこく》ですわ。土佐と〈くわの〉が繋がりました。こうなったら行くしかおへんがな」

流が笑顔を向けると、岩倉も笑みを浮かべた。

「お父ちゃんは現場主義やもんな」

頼もしそうに流を見つめて、こいしが合いの手を入れる。

「食堂を一日休んで、現地へ行ってみたんですわ。南国市の桑ノ川へ。まず〈生きてる鳥居〉を探しました。集落の人に訊いたら、地主神社のことやろ、と皆が口を揃えますねん。行ってみたら小さな古い社がありましてな、この社の鳥居が〈生きてる鳥居〉やったんですわ。山田さん。おたくは、どんな鳥居を思うてはったんです？」

「どんな鳥居って。当時わたしはまだ八歳でしたから、神社の鳥居が夜になると、ゴソゴソ動き出すのかな、と。オカルトっぽいイメージを持ってました」

岩倉が素直に答えた。

「わたしも最初はそんな風に想像してました。けどそこにあったんは、それはもう不思議な鳥居でした。それがこれですわ」

流がデジカメで撮った画像を岩倉に見せた。

「これが鳥居？　杉の木の幹ですよね」

眼鏡を外した岩倉が目を白黒させた。

「そうです。二本の杉の木が合体して、鳥居みたいになってますやろ。桑ノ川の鳥居杉と言うて、地元ではよう知られた存在でしたんや。伐採した木を使うたんやのうて、生きた木やさかい〈生きてる鳥居〉。旅館の女将さんが言うてはったのはこれに間違いないと確信しました。それで宮司さんに訊《たず》ねましたら、うまいこと行き当たりましたんや」

「うちのお父ちゃん、いっつもうまいこと行き当たらはるんです」

嬉しそうな顔で、こいしが岩倉に茶を注いだ。

「たしか京都で旅館をしてた人が近くに居《お》ったて、宮司さんが思い出してくれはったんです。そこから少し西に行ったところに、土佐山西川という集落がありまして、〈旅館くわの〉の女将さんはこの郷の出身やったようです。平《たいら》ハル子さんという名前、覚えてはりませんか」

流が岩倉の目を見た。

「そう言えば、旅館の人たちがハルさんと呼んでいたような……」

岩倉がゆっくりとうなずいた。

「旅館を閉めた後に、郷《じか》に帰らはった平ハル子さんは、とうに亡くなられていましたけど、ハル子さんから直に作り方を教わったという女性に出会《でお》うたんです。その方からいろいろ聞き出して、作ってみたのがこの鯖寿司です。〆加減も土佐流ですが、鯖は当時の流通を考えて、若狭《わかさ》モンを使うてます」

流が鯖寿司をじっと見つめる。

「土佐の人だったのか。わたしはてっきり沖縄の人か京都人だと」

口ひげに挟まった飯粒を指で取って、岩倉が三切れ目に手を伸ばした。

「土佐には田舎寿司というのがありまして、酢飯に特産の柚子《ゆず》を使うんですわ。お酢と柚子の絞り汁を合わせるさかい、酢飯が黄色ぅなるんです。独特の香りがあってええもんです。レモンとはちょっと違う香りですけどな」

隣に座るこいしが鼻をひくつかせた。

「これは？　薄切りにした茄子のようだが」

岩倉が、鯖の切り身と酢飯の間に挟まっている野菜に気付いた。

「最後までわからなんだんが、それですわ。それが山田さんの記憶にあった沖縄、正しくは琉球です。ハスイモのことを土佐の方ではリュウキュウと呼んで、薄切りにしたもんを鯖と重ねて鯖寿司にすることもあるんやそうです。京都風の鯖寿司で言うたら昆布みたいなもんですな。山田さんの記憶にリュウキュウという言葉があって、それをいつの間にか沖縄に換えていったんやと思います。その歯触りに覚えがありますやろ?」

「これが沖縄……の正体だったのか」

岩倉がリュウキュウをつまみあげて、しみじみとした顔付きをした。

「こんなことお訊ねしたら、失礼かもしれませんけど、なんで山田さんは、その旅館で鯖寿司を食べてはったんです」

おそるおそるといった風に流が訊いた。

「うちは、なんだか寂しい家でね。父はほとんど家に居なかったし、母も昼間はいつも忙しくしていた。家族の温《ぬく》もりっていうものを感じた経験はあまりない。女将さんはやさしい人でね。わたしが家の前で寂しそうにしていると、遊びにおいで、といつも誘ってくれた」

遠い目をした岩倉の瞳がきらりと光る。

「それがハルさんやったんですな」

「ひとつ思い出した。ハルさんはね、わたしが鯖寿司を食べるたびに訊くんだ。『おいしおすやろ?』って。わたしが美味しいと言うでしょ?　すると次もまた訊くんだ。『おいしおすやろ?』。ひと切れ食べるたびに繰り返すのが面倒になって、つい口ごたえした。一度言えばいいだろう、みたいなことを。そうしたら……」

「ハルさんは怒らはったんですね」

こいしが身体を乗り出した。

「『なんべんでも美味しいて言うたらよろしい。口は減りまへんで』そう言われた。怖い顔だったなぁ。母や父には叱られたことがなかったからね」

当時を思い出すように、天井を見上げながら岩倉が続ける。

「『人間言うのは、すぐに慣れてしまう。最初は美味しいと思うても、だんだんそれが当たり前になってくる。最初の感動を忘れたらあきまへん』。たしかそんな風な話だったと思う。この鯖寿司をいただいて、いろんなことがよみがえって来たよ」

岩倉が愛《いと》おしそうに鯖寿司を見つめる。

「その平ハル子さんの決まり文句、覚えてはりますか。鯖寿司の作り方を教わったという方が言うには、毎回ハルさんが口にしはる言葉があったそうです」

流が言葉を挟んだ。

「なにしろ五十年も前のことですから」

何度も首をかしげると、岩倉の胸ポケットの携帯がメールの着信を報せた。

「お急ぎでしたんやな。こいし、お包みしたげてくれるか」

「わかった。今日もタクシーは呼ばんでもええんですね」

岩倉がうなずくのをたしかめてから、こいしが厨房へ急いだ。

「なんだか急がせてばかりで申し訳ない」

「なんにしても、お捜しできてよかったです。ホッとしましたわ」

流が胸をなでおろした。

「『料理春秋』の広告でこちらのことを拝見して、本当によかった」

岩倉が頬をゆるめた。

「けど、あの雑誌には場所も連絡先も書いてなかったですやろ。〈鴨川食堂・鴨川探偵事務所――食捜します〉としか書いてないから。皆さん鴨川の近所やと思うて探さはる」

流が苦笑いした。

「看板も外してありますしね」

岩倉が笑みを浮かべながらにらんだ。

「看板出してると、うるさいんですわ。インターネットのなんとか言う口コミサイトがありますやろ。あんなとこで、ごちゃごちゃ書かれとうないし。常連さんだけ来てもらえたらええんで」

流がぶっきらぼうに言った。

「グルメやとか、食通やとかと関係のないとこで、うちの店を続けたいんです」

厨房からこいしが言葉を足した。

「よう見つけてくれはりましたな」

流が岩倉の目を見た。

「編集長の大道寺茜《だいどうじあかね》さんにお聞きしました。無理やり聞き出した、というのが正しいですかな」

「茜とお知り合いなんですか」

「いや、知り合いというほどでは……」

岩倉が目をそらし、言葉を濁した。

「『料理春秋』を読んではるくらいやから、山田はんは、相当食に興味がおありなんですな」

「毎号欠かさず読んでいて、ずっと気になっていたんです。〈〝食〟捜します〉が」

岩倉が苦笑いを浮かべた。

「ここへお越しいただくには、あの一行広告に引っかかってもらうしかないんですわ」

流も同じように笑った。

「だったら、もう少し情報を記して欲しいですね」

岩倉が真顔で言った。

「人とのご縁言うのは不思議なもんでしてな、出会うべき人には必ず出会うもんなんです。と同じように、ご縁がある方は間違いのう、ここまで辿り着かはります。あなたのように」

流が岩倉の目を真《ま》っ直《す》ぐに見つめた。

「縁がなければここには来れない……」

岩倉が感慨深げに言った。

「ときどき編集部に問い合わせがあるらしいですわ。けど、茜は詳しいには答えとらんはずなんやが」

流は岩倉の様子を窺っている。

「きっとわたしの〝食〟への執念に負けたんでしょう。なにしろ五十年来の思いですから。先週たまたま休みが取れたのは運が良かった」

「そこまであの〝食〟にこだわってはったんですか」

感慨深げに流が言った。

「いっときは流さんのような料理人を志したこともあったんですよ。人を幸せにする料理を作りたいと思って。もっとも父が許すはずなどなかったんですがね」

岩倉は自らを嘲《あざけ》るような顔で答えた。

「人を幸せにするのは料理人だけやおへん」

流がきっぱりと言い切った。

「おっしゃるとおりです。今の仕事を選んだのは、人を幸せにできると思ったからなんです」

「ええことやないですか」

「だけど、わたしの仕事では、あなたのように美味しいものばかりを出しているわけにはいかない。ときには不味《まず》いとわかっていても、出さなければいけないときがある」

「良薬口に苦し、ということですか」

「そう。だが、わたしは食べさせる側の思いばかりが先に立っていた。身体のことを考えたら、ときには不味いものも食べないといけない。我慢して食べなさい。そう言うばかりで、食べる側の気持ちになっていなかった。本当に美味しいものを食べるということが、人にとってどれほど大切なのか、それをたしかめたくて……」

「昔食べた鯖寿司を捜してはった、んですな」

流の問いかけに岩倉がこっくりとうなずいた。

「おかげさまで、これで気持ちが動きました。急がせてしまって申し訳なかったが、なんとか間に合いそうだ」

「そら、よろしおした。人さんには旨いもんをお出しする。不味いもんがあったら、それは自分で食べる。わしらはずっとそうやって来ましたで」

流が岩倉の目を真っ直ぐに見つめた。

「お待たせしました」

こいしが紙袋を提げて来たのを潮にして、岩倉がゆっくり立ち上がった。

「お代金はいかほど」

岩倉が財布を出した。

「探偵料はお客さんに決めてもろてます。おいくらでもかまいません。妥当やと思わはる金額を、ここに振り込んでください」

振込先の口座を記したメモ書きを、こいしが手渡した。

「承知しました。戻ったらすぐに手配します。特急料金をプラスして」

岩倉がメモ用紙を財布に挟んだ。

「お気をつけて」

流が岩倉を送り出した。

「ありがとうございました」

店を出て姿勢を正した岩倉が深々と頭を下げる。

「お役に立てて何よりです」

流のそばに立つこいしが笑みを向けた。

「じゃ、これで失礼します」

岩倉が歩き始めて三歩で止まり、くるっと身体の向きを変えた。

「思い出しました。ハルさんの決まり文句。初心忘るべからず、でしょ？」

「正解です」

流が頭の上で両腕を丸く合わせた。

軽く会釈して、岩倉がふたたび歩き出す。その横を黒塗りのセダンがすり抜けて行く。

「山田はん」

流が声を大きくすると、背中をびくりとさせて岩倉が振り向いた。

「あんじょう、頼みます」

小さく頭を下げた流に、岩倉は笑顔でうなずいて、踵《きびす》を返した。

「山田さん、喜んでくれはったみたいや。これもお父ちゃんのおかげです」

流に向き直ったこいしが、頭をちょこんと下げると、ひるねがひと声鳴いた。

「たかが鯖寿司。されど鯖寿司。ひと切れの寿司が国を動かすかもしれんで」

流がぽつりと言った。

「国を？　またお父ちゃん、大きいこと言うて。調子に乗り過ぎ」

こいしが流の背中を平手で打った。

「ま、なんでもええわ。振込を楽しみにして、と。さあ、鯖寿司ざんまいといこか」

「そうや。お父ちゃんに訊こうと思うてたんやけど、七本の鯖寿司作ってて、なんで右から二本目やったん？」

「お酢の按配やとか、鯖の身、〆加減をちょっとずつ変えて、七本作ったんやけど、右から二本目が一番旨かったんや。人間てなもんは、なんぼ昔の味やとか言うても、結局は美味しなかったら満足せん。旨いもんを食べてこそ、ああ、あのときと同じ味や、そう思うもんなんや」

「ということはやで、お父ちゃん。あんまり美味しいことない鯖寿司ばっかりを今晩食べんとあかんねんな」

「比較論やがな。どれもそこそこ美味しいできてる。そや。土佐へ行ったときに、ええ酒を買うて来たんや。『酔鯨《すいげい》』と『南《みなみ》』っちゅう酒や。旨いらしいで」

「ええな。昼酒大好きや。けど二升か……。ふたりで飲み切れるかな」

　上目遣いに、こいしが流を見る。

「浩さんを呼ぶんやったら、造りの盛り合わせくらいは、持って来てもらえよ」

「なんでわかったん」

「当たり前やないか。わしは探偵やで、探偵。浩さんとこも今日は定休日やてなことくらい、ちゃあんとわかったぁる」

「さすが名探偵」

　こいしが又、流の背中を叩く。

「お前の考えていることくらい、全部お見通しや」

「せやから、うちはこんな大酒飲みになったんか」

「ぐだぐだ言うてんと、早よ用意せい。お母ちゃんが待ちくたびれとるがな」

　流が仏壇に目を向けた。

第四話　とんかつ

1

底冷えのする長い冬を過ぎ越し、ようやく京の街も春めいて来た。

東本願寺を背にして、広い烏丸通を渡ると正面通に至る。狭い通りを行き交う人々の装いにも、淡いブルーやレモンイエロー、ピンク色など春色が目立つ。

東に向かって歩く廣瀬須也子《ひろせすやこ》は、チャコールグレーのワンピースに黒のジャケット

という地味なスタイルだ。

　念入りに下調べをしたから、目の前に建つしもた屋が目指す店に違いないだろうが、確信には至っていない。暖簾《のれん》はおろか、看板の一枚すら出ていないのだから。

　アルミの引き戸の横には小さな窓があり、そこから洩《も》れてくる談笑は、居宅のものとは思えない。デパートの地下から漂って来るのと、同じ匂いもする。

「ごちそうさま」

　勢いよく引き戸が開き、白いブルゾンを着た若い男性が出て来ると、店の前で寝そべっていたトラ猫が駆け寄った。

「すみません。ここは『鴨川食堂』ですよね」

　猫の頭を撫《な》でている男性に、須也子が問いかける。

「たぶんそうだと思います。鴨川親子がやっている食堂ですから」

　男性に小さく頭を下げた後、須也子はすっと引き戸を引いた。

「お食事ですかいな」

　手拭《てぬぐ》いを使いながら、鴨川流が厨房《ちゅうぼう》から出て来た。

「〈食〉を捜してもらいたくてお邪魔したのですが」

「探偵の方やったら娘が担当ですわ」

そっけなく答えて、流がこいしに顔を向けた。

「ホンマに捜すのはお父ちゃんですけどね。お腹《なか》の方はよろしいの？」

時計は十二時半を指している。

「どんなお料理があるのかしら。苦手な食べものが多いものですから」

須也子は、カウンターに残された、わずかにスープの残ったラーメン鉢を一瞥《いちべつ》した。

「初めての方には、おまかせを出させてもろてます。何ぞアレルギーでも？」

流が話を引き継いだ。

「そうではありませんけど、お肉だとか、脂っこいものが苦手でして」

店の中を見回して須也子が答えた。

「軽めでよろしかったら、すぐにご用意出来ますけど」

「小食なものですから、そうしていただけると」

須也子はホッとしたような表情を見せた。

「ちょうど今夜、和食のコースを食べに来られるお客さんがおられますんや。仕込みをしとったとこなんで、その中から見つくろうてお出しします」

流が小走りで厨房に戻った。

「どうぞお掛けください」

こいしが赤いシートのパイプ椅子を引いた。

「看板もないし、メニューもない。不思議なお店ですね」

須也子があらためて店の中をぐるりと見渡した。

「よう辿《たど》り着かはりましたね」

須也子の前に、こいしが湯呑《ゆの》みを置いた。

「『料理春秋』の広告を拝見して」

「あの一行広告だけで？」

こいしが急須を止めた。

「連絡先も書いてありませんでしたし、編集部に問い合わせても、詳しくは教えられない、の一点張りで。何のための広告かしらと、申し上げても一向にらちがあかず。噂《うわさ》を頼りになんとか」

須也子がゆっくりと茶を飲み干した。

「すんませんねぇ。皆さんからよう言われるんですけど、何せ頑固なお父ちゃんなもんで。たった一行でも、縁があったら必ず辿り着いてくれはる。そう言わはりますねん」

こいしが横目で厨房を見た。

「お待たせしましたな。軽ぅ、小皿尽くしにさせてもらいました」

料理を運んで来た流が、丸盆に載せた小皿を須也子の前に並べていく。

「可愛《かわい》らしいお料理」

須也子が目を輝かせた。

「左の上から、宮島牡蠣《かき》の鞍馬煮《くらまに》、粟麩《あわふ》の蕗《ふき》の薹味噌《とうみそ》田楽、蕨《わらび》と筍《たけのこ》の炊いたん、モロコの炭火焼、京地鶏《じどり》のササミは山葵和《わさびあ》え、若狭の〆鯖《しめさば》は千枚漬けで巻いてます。右下のお椀《わん》は蛤《はまぐり》真蒸《しんじょ》を葛《くず》引《ひ》きにしました。冬の名残りと、春を待つ空気を出して欲しいとリクエストされたんで、こんなような料理になっています。今日のご飯は丹波でこしらえてるコシヒカリです。どうぞゆっくり召し上がってください」

丸盆を脇に挟み、並んだ皿を流が順に辿った。

「どれからいただこうかしら」

目を丸くして、須也子が箸を取った。

「急須を置いときますよって、お茶が足らんかったら声を掛けてくださいね」

こいしは流と肩を並べて、厨房に引っ込んだ。

須也子が最初に箸をつけたのはモロコだった。いかにも春らしい風情が漂う皿に目が引き付けられたからである。小判型の黄瀬戸豆皿に、小ぶりのモロコが二匹盛り付けてある。須也子は、別れた夫岡江傳次郎《おかえでんじろう》と、三年前に京都の割烹《かっぽう》で食事したときのことを思い出した。

傳次郎は相好を崩し、モロコは京都の春を告げる風物詩であり、琵琶湖《びわこ》で獲《と》れる小魚だと教えてくれた。須也子はそのとき、傳次郎がすっかり関西の人間になったと思ったのだった。

二杯酢につけて、あっという間に二匹のモロコを食べ終えた須也子は、千枚漬けで巻いた鯖の身を口にした。鯖寿司なら何度か食べたことがある。郷里の山口でも行きつけの小料理屋で、時折り関鯖《せきさば》の棒寿司《ぼうずし》が〆に出て来る。だが漬物と一緒に食べるのは初めてだ。甘みの効いた千枚漬けと〆鯖の酸味が舌の上で混ざり合う。

椀蓋の蒔絵《まきえ》は柳の芽吹き。季節を象《かたど》った蓋を取ると湯気が立ち上り、蛤と吸い口の柚子《ゆず》が香る。吸い地《すいじ》をひと口啜《すす》って、須也子はホッと吐息を洩らした。

「お口に合いますかいな」

厨房から流が出て来た。

「大変美味《おい》しゅうございます。田舎ものには過ぎたるお味ですわね」

須也子がレースのハンカチで口元を拭う。

「どちらから？」

「山口からまいりました」

「遠いとこをご苦労さんですな。お食事が済んだら、すぐにご案内します」

流が空いた皿を下げた。

流の姿が見えなくなったのをたしかめて、須也子は、牡蠣の鞍馬煮をご飯に載せ、茶を掛けて、勢い良くかき込んだ。ササミの山葵《わさび》和えを箸休めにして、ご飯のひと粒も残さずにさらえた。

「ご飯のお代わり、どうです?」

厨房から出て来て、流が丸盆を差し出した。

「充分です。下品な食べ方をして失礼しました」

茶漬けにしたのを気付かれたかと、須也子が顔を赤らめた。

「食べ方に、下品も上品もありまへん。好きなように召し上がるのが一番です」

器を下げて、テーブルを拭きながら、流が言った。

「ごちそうさまでした」

箸を置いて、須也子が合掌した。

「そろそろ奥へご案内しましょか」

タイミングを図っていたこいしが言った。

カウンター横のドアを開けて、こいしが廊下を先に歩く。須也子は少し遅れてその後に付いて行く。

「こちらのお写真は？」

廊下の中ほどで須也子が立ち止まった。

「ぜんぶお父ちゃんが作った料理ですねんよ。和洋中、何でも作れるんです」

廊下の両側にびっしり貼られた写真を指して、こいしが誇らしげに胸を張った。

「何でも作れるというのは、ご専門の料理がないということですね」

「そう言えへんこともないですけど」

こいしは不満そうに頬をふくらませた。

「これもですか」

驚いたように須也子が数枚の写真を交互に見ている。

「呉服屋さんのご主人に頼まれて、ふぐ尽くしのコースを出したときです。大皿に盛ってあるのがてっさ、コンロに載っているのが焼きふぐ、土鍋はてっちりの後の雑炊ですわ。お父ちゃんはふぐ調理師の免許も持ってるんですよ」

こいしが胸を張った。

「ふつうの食堂だと思っていました。お店とお料理が少々つり合いませんわね」

須也子が軽く笑みを浮かべて食堂を振り向いた。

「ふぐがお好きなんですか」

歩き始めてこいしが、不機嫌そうに訊《き》いた。

「生まれが山口なものですから、小さいころからふぐは大好物です」

須也子がさらりと答える。

「うちなんか、ふぐを初めて食べたんは大学の入学祝のときでしたよ」

振り向いてこいしが言った。

「父が大学の学長をしておりましたので、いただきモノが多くて」

「そうですか」

高慢な物言いが続くように感じたこいしは、自然と仏頂面になり、大きな音を立ててドアを開けた。

「どうぞお入りください」

「失礼します」

こいしの表情の変化などまるで気にしていないように、須也子は平然とした様子でソファに座り込んだ。

「こちらにご記入いただけますか」

いつにもまして、至極事務的な口調で、こいしがバインダーを差し出した。

こいしは急須に茶葉を入れながら、須也子の様子を横目で窺《うかが》う。須也子はすらすらとペンを走らせた。

「これでよろしいかしら」

「廣瀬須也子さん。五十歳には見えしません。お若いですね。で、どんな〈食〉を捜してはるんです？」

こいしが、ぶっきらぼうに問いかけた。

「とんかつです」

須也子は真《ま》っ直《す》ぐにこいしを見つめた。

「肉とか脂っこいもんは苦手、と違《ちご》うたんですか」

意外な答えにこいしが切り返した。

「わたしが食べたいというのではありません。ある人に食べさせてあげたいんです」

須也子が訴えるような目を向けた。

「どんなとんかつなんですか」

こいしが訊いた。

「それがわからないから捜していただきたいのです」

「それはそうなんやろけど……。もうちょっと詳しいに話してもらえませんか」

こいしが顔をしかめる。

「どこまでお話しすれば……」

須也子のためらいは、口元を歪《ゆが》めさせる。

「お気持ちが動く範囲で」

こいしが素っ気なく言った。

「出町柳という駅をご存知でしょうか」

「京都に住んでるもんやったら知らん人はないと思いますけど」

こいしが頰をふくらませる。

「その駅のすぐ近くにお寺があるのですが」

「お寺……あったかなぁ」

あくびを嚙《か》みころして、こいしは首をかしげた。

「じゃあ、そのそばに『かつ傳《でん》』というとんかつ屋があったのもご存知ないでしょうね」

須也子の問い掛けに、こいしは黙ってうなずいた。

「その店のとんかつを捜して欲しいのです」

「その店、今はもうないんですね」

今度は須也子が同じように首を縦に振った。

「いつごろまであったんです？」

「店を閉めたのは三年半ほど前のようです」

須也子が神妙な顔をした。

「そんな古い話と違うんや。そしたらなんとか捜せると思います。『かつ傳』ですね」

こいしがノートにペンを走らせる。

「わたしもそう思って、インターネットで検索してみたんです。でも、ほとんど情報がなくて」

須也子が顔を曇らせる。

「三年半前くらいやったら、口コミサイトとか、グルメブロガーとかの書き込みがあるのと違うんかなぁ」

「こちらのように、現に営業なさっていても、まったく情報が上がって来ない店だってあるじゃないですか」

須也子の言葉に、こいしの表情が緩んだ。

「そう言うたらそうですね。うちもお父ちゃんも、ヘンな評判に惑わされるのがイヤなんです。なんべん断っても、口コミサイトに書かれるんで、それで看板を外して、廃業したことにしてます」

「うちの主人も同じ考えだったようです。さすがに看板と暖簾だけは上げていたようですが」

　須也子がさらりと言った。

「『かつ傳』て、おたくのご主人の店やったんですか」

　目を見開いたこいしが、ローテーブルに身を乗り出した。

「ええ。正確には、元主人ということになりますが」

　須也子が小さくうなずいた。

「それやったら、その、元ご主人に訊かはったらよろしいやん」

　こいしがまた頬をふくらませた。

「それができるくらいなら、こちらにお願いしたりはしません。食べさせてあげたい人というのが、当の主人なのですから」

　うつむいたままで須也子が言った。

「ようわからん話やなぁ。どういうことなんです?」

こいしがイラついたようにペンを指先で回した。

「『ふぐ傳』というふぐ料理の専門店を山口で開いていた人と、二十五年前に結婚しました。父はもちろん、家族からは猛反対されましたが」

ひと息つくように、須也子が湯呑みに手を伸ばした。

「大学の学長さんですもんね。で、そのふぐ料理屋さんが、なんで京都でとんかつ屋を？」

こいしが顔を上げた。

「店でふぐ中毒を出してしまったことが、きっかけになりました」

須也子がゆっくりと茶を啜《すす》る。

「ふぐ中毒て言うたら、命に関わりますやん」

こいしが顔をしかめる。

「ひとり亡くなってしまって……」

「お気の毒に」

こいしが声を落とした。

「わたしの従兄弟《いとこ》なんです。子供の頃から強引で、言い出したら絶対後には引かない人でした。自分で釣ったふぐを持ち込んで、店の者に無理やり料理をさせて食べてしまいました。組合の会合で主人が居ない日のことで、二番手だった増田《ますだ》に留守を任せたばっかりに、とんだことになってしまって」

須也子が唇を噛んだ。

「ご主人の親戚やし、断り切れへんかったんやろなぁ」

こいしが哀れんだ。

「増田は何度も断ったようですが、最後は脅しに近いような形で」

「お店の方は？」

「小さな街ですから、いろんな噂が広がりまして、店を閉めるしかありませんでした。それだけですめばよかったのですが……」

須也子が顔を曇らせた。

「補償問題とかですか？」

こいしがノートのページをめくった。

「従兄弟の家は貿易で財をなした名家ですから、金銭的にどうこうという話にはならなかったのですが……。親戚関係はぎくしゃくしてしまって、主人の方から離婚したいと言い出しました」

須也子が目を伏せた。

「従兄弟さんが自分で無理に持ち込んだんやし、ご主人に責任はないでしょ?」

こいしは少しばかり憤慨している。

「岡江は人一倍責任感の強い人でしたし……」

「別れたご主人は岡江さんて言わはるんですね」

こいしがペンを走らせて、続ける。

「岡江傳次郎といいます」

須也子がノートを覗《のぞ》き込んだ。

「べつに別れんでもよかったんと違うんですか。奥さんと一緒に山口を離れたら、それですむことやと思いますけど」

こいしが不満そうに口を尖《とが》らせた。

「わたしが言うのも何ですが、廣瀬の家は山口では特別な存在でして、何よりも名誉を重んじる家系です。それにわたしにはピアノ教師という仕事もありましたので……」

須也子が背筋を伸ばした。

「奥さんはピアノの先生なんですか」

「幼稚園の子供から、コンクールに出場する音大の学生まで、多いときは百人以上の生徒さんが居ました」

「離婚した後も奥さんは山口に居られて、ご主人は京都に来てとんかつ屋さんを始めはったんですね」

「離婚して当初二年間ほどは料理の仕事から離れて関東方面を転々としていたようで、京都へ来たのはその後みたいです」

須也子が淡々と話す。

「京都に来られたのは……二十年ほど前、になるんかな」

こいしが両手の指を折ってから続ける。

「どうしてとんかつ屋やったんでしょう」

「そこがよくわからないんです。一度だけ、店のまかない料理でとんかつを作ったといって、岡江が家に持って帰って来たことがありました。ときどきまかないを持って帰っていましたので」

考えを巡らすように、須也子が何度も首をかしげた。

「まかない料理て美味しいんですよね。うちなんか、いっつもそれですわ」

こいしが須也子に笑顔を向けた。

「そうでしょうか。なんだか残り物を食べさせられているようで」

須也子は眉を八の字にした。

「そしたら、なんで今になって、別れたご主人がやってきてはった店のとんかつを捜してはるんです？　そしてそれをなぜ、元ご主人に訊けへんのか。食べさせてあげたいのか。わからんことだらけなんですけど」

こいしが上目遣いに須也子を見た。

「わたしの誕生日、十月の二十五日には毎年、形ばかりのプレゼントを送って来てくれていたのですが、去年は何も届きませんでした。少し気になったものですから、連絡を取ってみました。そうしましたら、東山の日赤病院に入院しているというのです。今年に入ってすぐ病室を訪ねましたら、大柄なあの人が、見る影もなくやせ細ってしまっていて」

須也子が言葉を選びながら、語った。

「重い病気やったんですね」

ペンを止めて、こいしが声を落とした。

「お医者さまによると、よく持って三月《みつき》だろうと」

「三月、ということは、もう時間がありませんやん」

壁掛けのカレンダーを横目にして、こいしが叫んだ。

「毎日のように『かつ傳』のとんかつの話ばかりしていると、看護師さんから聞きまして、どんなとんかつだったのかと本人に訊ねるのですが、わたしには皆目話してくれません。そんなときに偶然『料理春秋』の広告を拝見して」

話し終えて須也子が、大きなため息を吐《つ》いた。

「どんなとんかつやったか、看護師さんたちにも言うてはらへんかったんですか」

こいしが上目遣いに須也子を見た。

「あまり詳しくは。看護師さんのお話では、岡江がとんかつの話をした夜は決まって、五ミリか三ミリ、そんなことをうわ言で言っていると聞きました。でも、わたしには何のことだかさっぱり」

須也子が二度、三度首を横に振った。

「五ミリ、三ミリ、ですか。見当も付きませんね。けど、お話はようわかりました。お父ちゃんやったらきっと捜してくれると思います。急がせますわ」

ノートを閉じて、こいしが立ち上がった。

「よろしくお願いいたします」

須也子も立ち上がって腰を折った。

「あんじょうお聞きしたんか」

ふたりが食堂に戻ると、流が開いていた新聞を閉じた。

「大至急やねん、お父ちゃん。急いでとんかつを捜して」

こいしが声を高くした。

「なんやねん、やぶからぼうに」

「『かつ傳』ていうとんかつ屋さん、知ってるやろ？」

「『かつ傳』？　聞いたことあるような、ないような」

流が首をかしげる。

「何よ、その頼りない返事」

こいしが、むくれた顔をつくる。

「ええか、こいし。話っちゅうもんは、落ち着いて、相手にちゃあんと伝わるようにせんとあかん。いっつもそう言うてるやろ」

流の言葉に気分を落ち着かせたのか、こいしが須也子に椅子をすすめ、その隣に座った。

「訳があって、須也子さんは、ご主人とは別れはったんやけど、そのご主人は重い病気に罹《かか》ってはるんよ」

こいしが順を追って、話の概略を流に伝えた。

流は話に聞き入りながら、ときに首をかしげ、或《ある》いはうなずき、棚から京都市内の地図を取り出す。

「お父ちゃん、その『かつ傳』のとんかつを思い出したわ。十年以上も前やけどな、何度か食べに行ったことがある。たしか出町柳駅のすぐ近くにある『長得寺』という寺の裏手にあった。小さい店で大柄なご主人が、ひとり黙々ととんかつを揚げてはってな」

流が地図を広げた。

「そうです。このお寺の近くにあったようです。その大柄だった主人が今は……」

須也子がバッグから手帳を取り出し、挟んであった写真を流に見せた。

「当時の面影がないこともおへんけど。大きな人やったという印象が強過ぎて」

流が写真をじっと見つめている。

病院の大部屋だろうか。窓際のベッドで半身を起こしている、やせ細った男が岡江傳次郎だと須也子が言った。

「それにしても、綺麗《きれい》な指をなさってますな」

写真を持つ須也子の手に、流の目が留まった。

「須也子さんはピアノの先生やから、綺麗な指をしてはって当たり前や。そんなことより、な、お父ちゃん。時間がないねん」

　こいしが流に目で訴える。

「三月……ですか」

　写真から目を離さずに流がつぶやいた。

「よく持って、だそうです」

　須也子が消え入るように言った。

「わかりました。二週間あったら何とか捜せると思います。再来週の今日、お越しいただけますやろか」

「二週間？　もっと早《はよ》ぅ出来ひんの」

　こいしが金切り声を上げる。

「『かつ傳』のとんかつを捜し出して、再現するには最低でも二週間は要る」

　流がきっぱり言い切ると、立ち上がって須也子が深々と頭を下げた。

　店を出た須也子の足元に、ひるねがまとわりついて離れようとしない。

「これ、ひるね。早ぅ離れんとアカンやないの」

こいしが屈《かが》み込んだ。

「いいんですよ。うちでも猫を飼ってますから」

ひるねを抱き上げて、須也子がこいしに手渡す。

「何ていう名前です?」

「ハノン。ピアノの練習曲集のことなんですよ」

須也子が今日初めてこいしに見せた会心の笑みだった。

「どこまでもピアノの先生なんですね」

こいしが笑顔を返すと、須也子は西に向かって歩き出した。その背中に向かって一礼した流とこいしのそばで、ひるねが二度ほど鳴いた。


「お父ちゃんのこと、見損のうたわ」

「なにがや」

こいしの書き留めたノートを繰りながら、流が言った。

「よっしゃ、三日でなんとかしまひょ。お父ちゃんやったら、きっとそう言うと思うたのに。お母ちゃんのときのこと、忘れたん?」

こいしが尖った横目で流を見る。

「五ミリ、三ミリ……」

こいしの言葉が耳に届いていないかのように、流はノートを繰っている。

「お父ちゃん。聞いてんの？」

こいしが流の背中を叩《たた》いた。

「ただの食中毒でも店に疵《きず》がつくのに、死人を出したら、そらアカンやろう」

「何をブツブツ言うてるん」

こいしが流をにらみつけた。

「お父ちゃんな、明日、山口へ行ってくる。せっかくやから湯田温泉で一泊してくるわ。温泉まんじゅうくらいは土産に買《こ》うてきたるさかい、しっかり留守番しとけよ」

ノートを閉じて、流が立ち上がった。

「どうせなら、ふぐ鍋セットくらい買うて来てな」

こいしが頬をふくらませる。

「そんな贅沢《ぜいたく》なことできるかい」

今度は、流がこいしの背中を叩いた。

2

遠く九州から桜便りが届いたが、京都ではまだ蕾《つぼみ》が膨らみ始めたばかりだ。開花予想は例年と変わらず、半月ほど後にならないと見頃にはならない。

それでもいち早く京都の春を感じ取ろうとしてか、東本願寺界隈《かいわい》には多くの観光客が押し寄せている。値千金ともいわれる春の宵がすぐ間近に迫っている。

正面通と烏丸通が交わる交差点には多くの車が行き交っていた。信号待ちをする須也子は桜色のワンピースに、白い薄手のカーディガンを羽織っていて、二週間前に比べると、装いだけでなく、いくらか表情も明るい。

信号が青に変わり、須也子は東に向かって大きく一歩を踏み出した。

「こんにちは。ひるねちゃん、だったっけね」

店の前まで来た須也子は屈み込んで、寝そべっているひるねの頭を撫でる。

ミャーオと甘え声を上げたひるねが、須也子の膝にちょこんと乗った。

「これ、ひるね降りなさい。お洋服が汚れるやないの」

気配を感じて、こいしが表に出て来た。

「いいんですよ。普段着ですから」

「ご主人、どうですのん」

こいしがおそるおそる訊く。

「変わりありません」

須也子の口元にわずかながら笑みが浮かぶ。

「おこしやす」

店に入ると、流が待ち構えていた。

「よろしくお願いします」

須也子が頭を下げた。

「ご主人に食べていただく分は、別にご用意してますので、まずは奥さん、ここで召し上がってください」

流が椅子を引いた。

「ありがとうございます」

須也子がパイプ椅子に腰をおろした。

「召し上がっていただく前に、ひとつお話をさせてください。あなたのご主人、岡江傳次郎さんは、なんでとんかつ屋をなさったんか」

流が神妙な顔付きで語り始める。須也子はピンと背筋を伸ばした。

「『ふぐ傳』の二番手をしてはった増田さんという方に会《お》うて来ました。八方手をつくして調べましたら、増田さん、今は博多に居てはりましてな。罪を償ったあと、天神で小さい料理屋をやってられます。ご存知でしたか」

「いいえ。店を閉めるときに挨拶に来ましたが、それっきりで」

須也子は少し驚いたように目を開いた。

「岡江さんがお世話なさって、博多で小料理屋を開かはったんです。今も細々と店を続けてらっしゃいました」

「岡江が世話を……」

須也子が声を落とした。

「それ以後、一切の連絡はまかりならん、とも岡江さんが言わはったそうで、奥さんにもお伝えされなんだと思います。増田さんの方も、岡江さんが京都でとんかつ屋をなさっていることは、ご存知ありませんでした」

細い路地の奥に暖簾を上げる、小さな割烹店の写真を流が見せた。

「わざわざ博多まで」

須也子が小さく頭を下げた。

「お父ちゃんは現場主義ですよって」

こいしが嬉《うれ》しそうに言葉を挟む。

「増田さんは、やっぱり、とも言うてはりました」

「やっぱり？」

須也子が甲高い声を出した。

「いつかはとんかつ屋をやりたい。岡江さんは、そう増田さんに言うてはったそうです。勿論《もちろん》冗談めかしての言葉やと思いますが、そのきっかけは、あなたが褒めはったからみたいです」

「わたしが褒めた……」

須也子はきょとんとしている。

「ほな、こいし、ぼちぼち頼んだとおりに作ってくれるか」

うなずいたこいしが、厨房に向かうと、流は居住まいを正した。

「まかない料理を家に持って帰っても、たいてい奥さんは何も言わはらなんだ。美味しいとも不味《まず》いとも言わんと、いつも淡々と食べてはった。ところが、とんかつのときだけは違うた。覚えてはりませんか」

流が須也子を正面から見た。

「あいにく……」

須也子は声を落とした。

「とんかつって、こんなに美味しいものだったっけ。あなたはそうおっしゃったんやそうです。それを岡江さんは嬉しそうな顔で、増田さんに報告なさった。それも一度や二度やない。事あるごとに増田さんにその話をなさったようです。肉類やしつこい料理が苦手な須也子さんが褒めてくれるくらいやから、どこに出しても通用すると自慢してはった。増田さんが懐かしそうに、そんな話をしてくれはりました」

「そうでしたか」

須也子が小さくため息を吐いた。

「自分の作ったとんかつを、あなたが喜んで食べはったことが、よほど嬉しかったんですやろな」

「わたしは好んで揚げ物を食べることも、ましてや家で揚げることなどありませんでしたし」

「岡江さんは根っからの料理人やったんですな。ふぐ料理屋を閉めても、旨いもんを食わして、人を喜ばせる仕事を選ばはったんやと思います」

流が言った。

「言った当人ですら覚えていないことなのに」

須也子がテーブルに目を落とした。

「料理人というのは、美味しいと言うて喜んでもろたことは必ず覚えているもんです」

流が須也子の目を見つめた。

「そろそろ揚がるけど」

厨房からこいしが顔を覗かせた。

「とんかつは揚げ立てが一番ですさかいな。すぐに用意しますわ」

慌てて席を立った流が、須也子の前に折敷《おしき》を置き、箸と小皿を並べた。

「ありがとうございます」

須也子が居住まいを正した。

「わしの記憶だけでは頼りないもんですさかい、岡江さんのことをよう知ってはる方にも協力してもらいました。ほぼ完全に再現出来たと思うとります」

流が三つの小皿にソースを注ぐ。

「これは？」

須也子が小皿に鼻を近付けた。

「『かつ傳』では三種類のソースが出て来たんですわ。右から甘口ソース、真ん中が辛口ソース、そして左がポン酢ソース。ひと口サイズのとんかつが六切れ出されますので、大抵の客はそれぞれのソースにふた切れずつ付けて食べてましたな。このソースのレシピは後でまた詳しいに」

「揚げ立ての熱々を食べてください。夕食にはちょっと早いさかいに、ご飯はお付けしませんよって」

立杭焼《たちくいやき》の丸皿を、こいしが須也子の前に置いた。

「ずいぶんと上品なんですね」

しげしげと眺めた後、合掌してから須也子が箸を取った。

こいしと流は厨房の入口に下り、そっとその様子を窺っている。

最初のひと切れを須也子はポン酢ソースに付けて口に運ぶ。サクサクと二、三度嚙み締めて、ふわりと頬を緩めた。

「美味しい」

誰に言うでもなく、思わず口を衝いて出た言葉だった。

　ふた切れ目は真ん中の辛口ソースに付ける。口に運ぶ前に鼻先に近付け、うなずいた後ゆっくりと嚙み締めた。三切れ目を甘口ソースに浸して食べ、また同じことを繰り返し、千切りキャベツを間《あい》の手に、あっという間に六切れのとんかつを食べ終えた。

「ごちそうさまでした」

　箸を置き、須也子が頭を下げて丸皿に手を合わせた。

「ご主人のとんかつは、こんな味でしたんや」

　流が須也子の向かいに座った。

「わたしと別れてからの二十年、主人はずっとこのとんかつと寄り添って生きて来たんですね。こんなに軽やかな味と……」

　須也子の眼差《まなざ》しはずっと皿に注がれたままだ。

「とんかつそのものもですけど、ソースも軽ぉっしゃろ。奥さんやったら隠し味に何が使《つこ》うてあるか、すぐにおわかりになったと思います」

「橙《だいだい》でしょうか」

　須也子がわずかに顔を上げた。

「そうです。山口産の橙を使うてはったようです。甘口のソースには橙を煮たジャムを、辛口ソースには橙胡椒《こしょう》、ポン酢ソースには橙の絞り汁を」

「故郷の味を忘れてはらへんのやね」

傍に立つこいしが言葉を挟んだ。

「このポン酢ソースは、ふぐ刺しに付けるものと同じように思えるのですが、とんかつにも合うのですね」

須也子が小指にポン酢を付けて舐《な》めた。

「ごくわずかですが、ニンニクが入ってます。てっさのときはネギを巻きますので、それと同じ意味合いやないかと」

流が目を細めた。

「なぜこのソースを再現出来たのですか」

須也子が流に真っ直ぐ目を向けた。

「増田さんからヒントをいただきました。まかないで食べたとんかつを思い出してもろて。普通、まかないというのは、主人やのうて、店のもんが作るんですけど、とんかつだけは岡江さんが自ら作ってはったんやそうです。奥さんから褒めてもろてからは、その都度ソースも変えて」

流が言った。

「それでこの……」

空になった立杭焼の皿を手に取って、須也子が愛《いと》おしむように撫でた。

「さっき食べてもろておわかりのように、『かつ傳』のとんかつは独特のコロモをまとうてます。生パン粉のようやけど、そうでもないような感触が歯に残りよる。他のどこにもないパン粉は近所のパン屋で調達してはったんです」

流がパン粉の入ったバットを置いた。

「……」

須也子は無言のまま、テーブルに皿を置き、パン粉の感触をたしかめた。

「『かつ傳』のすぐ近所に『柳日堂《りゅうじつどう》』というパン屋がありましてな、パン粉はその店で特注してはったようですわ。そこのご主人からも、当時の『かつ傳』のとんかつのことをお聞きしました」

ひと息入れるように、流が茶を啜る。

「しっとりとしていて、でも肌理《きめ》が細かい。たしかに生パン粉のようですけど、少し乾いた感じもします」

須也子の指の隙間からパン粉がさらさらと滑る。

「これは粉の粗さが五ミリです。けど岡江さんは三ミリが理想やと思うてはった。それは奥さんが美味しいと言わはったんが三ミリやったからです。細かい方が口当たりは柔らかい。しかしそれでは、とんかつ好きの人には頼りない。パン屋のご主人と、そんな話をいつもしてはったそうです」

流が掌《てのひら》にパン粉を載せた。

「たった二ミリの違い」

須也子は哀《かな》しそうな目で、指先にパン粉を遊ばせた。

「わかる範囲ですけど、レシピを書いておきました。パン粉は三ミリと五ミリの両方を入れておきます。豚肉は、わしの記憶頼りですけど、たぶん岐阜県の『養老豚』やと思います。揚げ油は太白《たいはく》の胡麻《ごま》油と、オランダのサラダ油を半々に混ぜてはったんやないかと」

十数枚のレポート用紙をクリアケースに入れて、流が須也子に手渡した。

流の言葉が途切れるのを合図に、こいしが紙袋をテーブルに置いた。

「わたしは、すぐご主人に食べてもらえるように、揚げたとんかつの方がええと思うたんですが、お父ちゃんが、食べはるタイミングに合わせなあかん、て言うんで、おうちで揚げてもらわんなりませんねん。ご面倒かもしれませんけど。揚げ油もソースも全部入ってますんで」

「お気遣い感謝します。お代は如何《いか》ほどを」

須也子がバッグの口を開けた。

「お気持ちに見合《みお》うた金額をここに振り込んでください」

振込先を書いたメモ書きをこいしが須也子に渡した。

「本当にありがとうございました。主人もきっと喜ぶと思います」

須也子がふたりに深々と頭を下げた。

「長い間、ご苦労はんでしたな」

流が須也子の手を取った。

「ありがとうございます」

流の手を両手で包み返し、須也子が何度もその手を強く握った。

目尻を小指で拭い、こいしが引き戸を開けると、ひるねが鳴いた。

「ひるねちゃんもありがとうね。また来るよ」

屈み込んで須也子がひるねに声をかけた。

「こんな味と違う、てご主人が怒らはったら言うてくださいね。お父ちゃんにもういっぺんやり直してもらいますよって」

涙目のこいしが須也子に言った。

「ふぐ料理屋じゃなくて、最初からとんかつ屋をやってれば」

須也子が唇を噛んだ。

「お父さんは結婚をお認めにならなんだでしょう」

流が微《かす》かな笑みを浮かべると、須也子が深く一礼して、正面通を西に向かって歩き出した。

「奥さん」

流の呼び掛けに、須也子が立ち止まって振り返る。

「あんじょう揚げてくださいや」

須也子が深く腰を折った。


「須也子さんのご主人、あの味で納得してくれはったらええんやけどね」

テーブルを片付けながらこいしが言った。

「そやな」

流が素っ気なく相槌《あいづち》を打つ。

「けど、もうちょっと早ぅに出来たんと違う？　須也子さん、きっと毎日気ぃもんではったと思うわ。お父ちゃん、忘れたん？　お母ちゃんの死に目に会えへんかった……」

「こいし」

こいしの言葉を遮って、流が椅子に腰をおろした。

「何やのん」

口を尖らせて、こいしが向かい合ってパイプ椅子に座る。

「亡《の》うなった人に、とんかつは食えん」

流がぽつりと言った。

「え？　いつ亡くなったん？」

こいしが目を見開いた。

「いつ亡くなったんかはわからん。けど、先々週に奥さんが来はったときは、すでに亡くなってたはずや」

テーブルに目を落としたまま流が言った。

「それ、どういう意味？」

こいしが責めるような口調で流に問うた。

「病室の写真を見て、お前は何も気付かんかったか」

流の言葉にこいしは黙って首をかしげた。

「窓の外に東福寺の境内が写ってたやろ。ちょうど紅葉が始まったとこのようやった」

　こいしはハッとしたように背筋を伸ばした。

「どう見ても、十一月の初めころや。それから三月を数えたら……」

　指を折ったこいしが、がっくりと肩を落とした。

「綺麗な指に幾つも火傷《やけど》の痕があった。あれは油が跳ねた痕や。それだけやない。脂っこいモン好きなひるねが、じゃれつきよる。服に揚げもんの匂いが染み付いとるからやろ」

「ひょっとして、とんかつを揚げてはった……」

　こいしの言葉に流はこっくりとうなずいた。

「自分なりにあれこれやってみはったんやと思う。けど、そう簡単に『かつ傳』のとんかつは出来ん」

「そうやったんか」

　こいしが声を落とした。

「ホンマは一緒に食べたかったんやないかと、わしは思う。美味しいなぁ、とふたりで言い合いながら、『かつ傳』のとんかつを食べたかったんやろうなぁ。その気持ちが『主人に食べさせたい』と奥さんに言わせたんや」

流が目を細めた。

「須也子さんは嘘《うそ》を吐いてはったんやないんや」

こいしが二度、三度うなずいた。

「ひょっとしたら、祇園祭《ぎおんまつり》のころには、『かつ傳』の暖簾が上がるかもしれんで」

流が声を弾ませる。

「二十年以上も前に別れたご主人の仕事を？　それはないと思うわ。ピアノの先生やめてまで、とんかつ屋やなんて」

こいしが一笑に付した。

「夫婦いうのは、そない簡単なもんやない。別れたさかいに、お互いが自分の好きな道を歩めたとも言える。相手のことを想《おも》えばこそ別れる、そんな夫婦もあるんや」

流がゆっくりと立ち上がった。

「夫婦か。うちにはわからんわ」

こいしが肩をすくめた。

「たとえ別れても、遠くに離れとっても、夫婦の絆《きずな》は切れん。な？　掬子。そやな？」

居間に上がり込んだ流が、仏壇に向かって、春の日差しのように柔らかい笑みを向けた。

第五話　ナポリタン

1

京都駅の烏丸口を出て、美月明日香《みづきあすか》は雨に煙る京都タワーを見上げた。
わずかに顔を曇らせて、ビニール傘を勢いよく開く。
梅雨のさなかだから仕方ないと思いながらも、恨めしい気分で空を見上げた。
空から一直線に落ちて来る雨粒は、地面に激しく当たって跳ね返る。烏丸通のあち

こちに水たまりが出来ていた。

水たまりを避《よ》けながら、北に向かってジグザグ歩きをする明日香の目に、やがて雨に霞《かす》む東本願寺が見えて来る。明日香は赤いレインコートのポケットからメモ用紙を取り出し、傘の持ち手を右の頬で押さえた。

メモの地図を確かめて、明日香は急ぎ足で信号を渡った。

明日香が京都にやって来るのは三度目だ。最初は中学の修学旅行、二度目は祖父の知一郎《ちいちろう》が連れて来てくれた。二度とも寺や神社ばかりを回っていたような、そんな記憶ばかりが浮かんで来る。東本願寺を背にし、正面通を東に歩く明日香の耳には、知一郎のやさしい声がこだましていた。

「まさかこれじゃないよね」

モルタル造りの殺風景なしもた屋の前で立ち止まった明日香が、眉を八の字にした。濡《ぬ》れネズミのような灰色の二階屋には看板もなく、暖簾《のれん》も上がっていない。半信半疑のまま、明日香は思い切って引き戸を引いた。

「いらっしゃい」

白衣にジーンズ姿の若い女性が、ぶっきらぼうな声で明日香を迎えた。

「こちらは鴨川食堂でしょうか」

殺風景な店内を見回して、明日香が訊《き》いた。

「そうですけど」

「じゃ、鴨川探偵事務所はどちらに？」

「そっちのお客さんでしたか。探偵の方は、この奥になってます。わたしが所長の鴨川こいしです」

こいしが明日香に一礼した。

「美月明日香と言います。〈食〉を捜してもらいたくて」

赤いレインコートを脱いで、明日香がちょこんと頭を下げた。

「お掛けになって、待っててもらえますか」

こいしが食器を重ねてトレーに載せた。店の中に客の姿はないが、その痕跡はそこかしこに残っている。明日香はそれらを避けてパイプ椅子に腰かけた。

「お客さんか？」

白衣姿の男性が厨房《ちゅうぼう》から出て来た。鴨川食堂の主、鴨川流である。

「探偵の方のお客さんやねん」

テーブルを拭きながら、こいしが言った。

「お腹《なか》はどないです？」

流が明日香に訊いた。

「何か食べさせてもらえるんですか」

「初めての方には、おまかせで食べてもろてます。それでよかったら」

「好き嫌いもアレルギーもありません。なんでも美味《おい》しくいただきます」

立ち上がって明日香が頭を下げた。

「ちょっとずつ美味しいもんを食べたい、そない言わはるお客さんが今夜お越しになるんですわ。少し余分を仕込みましたんで、それをお出しします」

流が小走りで厨房に戻って行った。

「この雨の中をどちらから？」

こいしが明日香の前のテーブルを丁寧に拭いた。

「浜松です」

明日香が短く答えた。

「明日香さん、やったね。うちのことは、どうやって？」

こいしが清水焼の急須を傾けた。

「父と母が小さな居酒屋をやっているので『料理春秋』がいつも家にあるんです。〈食、捜します〉という一行広告がずっと気になっていて」

「それだけでここまで来てくれたん？　ご縁があったんやね」

「最初は場所も何もまったく分からなくて……。思い切って編集部に電話してみたんです。そしたら編集長さんが出てくださって、長々とお話ししたら特別にヒントを頂《ちょう》戴《だい》して、なんとか辿《たど》り着けました」

「浜松の居酒屋さんか。美味しい鰻《うなぎ》とかあるんやろね」

「鰻もありますけど、うちの一番人気は餃子《ギョーザ》なんです」

明日香が茶を啜《すす》った。

「浜松は餃子の街やさかいな」

盆に載せて、流が料理を運んで来た。

「宇都宮を抜いて、浜松は日本一の餃子の街になったんです」

明日香が胸を張った。

「鰻と餃子。どっちも好きやなぁ」

半月状の折敷《おしき》を明日香の前に置き、こいしが利休箸を並べた。

食堂だから手軽な料理だと思い込んでいた明日香は、いくらか戸惑いを覚えた。かしこまった席は苦手なのに、京料理でも出て来そうな雰囲気なのだ。

「無作法なもので」

明日香が両方の肩を縮めた。

「気楽に食べてくれはったらええんよ」

こいしがスプレーで折敷に露を打った。

「こんな食堂でも、京都っちゅうところは季節を大事にします。それを楽しんでもらおと思いましてな。夏近し、というとこですわ。こいしが言うたとおり、気楽に食べてもろたらよろしい」

豆皿というのだろうか。明日香の掌《てのひら》にも満たない小さな皿を、流が盆から折敷に移して行く。

「かわいいですね」

思わず明日香が言葉にした。

「古いもんやら、西洋のもん、現代作家さんの器。いろいろですわ」

折敷に色とりどりの花が咲く。明日香が指を差しながら十二を数えた。

「左の上から、明石の鯛《たい》を細造りにして木の芽と和《あ》えてます。ポン酢で召し上がってください。賀茂《かも》ナスの田楽はひと口にしときました。舞鶴の鳥貝はミョウガに挟んでます。甘酢で〆《しめ》たコハダを小袖の棒寿司《ぼうずし》にしました。早松茸《さまつたけ》のフライ、鱧《はも》の源平焼き、万願寺唐辛子の天ぷら、鮑《あわび》は西京味噌《さいきょうみそ》に漬け込んで焼きました。魚《うお》そうめん、地鶏《じどり》の鞍馬煮《くらまに》、鯖《さば》の燻製《くんせい》に松の実を挟んでます。生湯葉の柴漬け和え。どれもひと口サイズなんで、女性向きやと思います。穴子飯が炊き上がったらお持ちします。ゆっくり召し上がってください」

料理の説明を終えて、流が盆を脇に挟んだ。

「こんなのはじめて。どれから手をつけたらいいのでしょう」

明日香が目を輝かせている。

「お好きなもんを、好きなように召し上がってもろたらよろしい」

一礼して流が厨房に戻って行った。

「いただきます」

神妙な顔付きで合掌し、明日香が箸を取る。

鯛をポン酢につけて口に入れた明日香が思わず叫んだ。

「美味しい」

間を置かず、早松茸のフライに塩を振って口に運び、大きくうなずいた。

「熱いので気ぃつけてくださいや」

蓋の隙間から湯気の上がる土鍋を運んで来て、流がテーブルに置いた。

「いい匂い」

明日香が鼻をひくつかせる。

「鰻も旨《うま》いけど、あっさりと穴子もええもんでっせ。明石の焼き穴子を、実山椒《みざんしょう》と一緒に炊き込んでます」

流が土鍋の蓋を取ると、もうもうと湯気が上がった。

小さな茶碗によそわれた穴子飯に箸をつけて、明日香がやわらかな笑みを浮かべる。見届けて、流が一礼した。

三皿目に箸を付けたころから、明日香の目が潤みはじめた。五皿、七皿と続くと、ぽろぽろと涙がこぼれる。何度もハンカチで目尻を拭《ぬぐ》う。見かねて、こいしが傍らに屈《かが》み込んだ。

「どうしはったん？　気分でも悪いん？」

「あんまり美味しくて。ごめんなさい。美味しいものを食べるといつも泣けてきちゃうんです」

明日香が泣き笑いしている。

「それやったらええんですけど」

空いた皿を下げて、こいしが厨房の暖簾を潜《くぐ》る。流はその様子をじっと見ていた。

明日香は残った五枚の皿を見つめた。

思い出の味捜しと言いながら、実はこの料理と巡り合うために来たのではないか。明日香は、そんな風にも思った。それほど心に沁《し》み入る料理だ。

慈しむように、名残りを惜しみながら、明日香がすべての皿を空にした。

「お気に召しましたかいな」

タイミングよく、流が明日香の傍《そば》に立った。

「ありがとうございます。美味しい、とかを通り越しちゃうんですね。なんだか胸がざわざわしてます」

胸に手を当てて、明日香が深呼吸した。

「よろしおした。こいしが奥で準備してますんで、もうちょっと待ってくださいな。熱い焙《ほう》じ茶を置いときます」

流が空いた器を下げて、急須を万古焼《ばんこやき》に替え、湯呑《ゆの》みも取り替えた。

しんと静まり返った店の中で、明日香が焙じ茶を啜る音だけが響く。少し啜っては、小さくため息を吐《つ》く。何度かそれを繰り返した。

「お待たせしましたな」

流が横に立った。

「お願いできますか」

明日香が立ち上がった。

食堂の奥から長い廊下を伝って、探偵事務所へと流が先導する。

「この写真は？」

廊下の両側にびっしり貼られた写真に明日香が目を留めた。

「おおかたは、わしが作った料理ですわ」

立ち止まって、流がはにかんだ。

「奥さまですか？」

白樺《しらかば》の木陰でグラスを傾ける女性を、明日香が指差した。

「これが最後の写真になりました。軽井沢で撮った写真です。長野で好物の蕎麦《そば》を食うて、気に入りのホテルに戻って、好きなワインを飲んでる。こんな幸せな時間があるかいな、そんな顔してますやろ」

心なしか、流の瞳が潤んで見えた。こういうときにどういう言葉をかけていいのか、思いつかないまま、明日香は流の背中を追った。

「美月明日香さん。芸名みたいやね」

若い女性ならではの丸文字をこいしが目で追った。こいしと明日香はローテーブルを挟んで、向かい合って座っている。

「子供のころは恥ずかしかったです」

浅く腰かける明日香が肩を狭めた。

「遠州女子大学二回生。十九歳かぁ。青春まっただ中やん」

こいしが羨ましそうに言った。

「なんかそういう実感がなくて」

明日香がいくらか翳《かげ》を含んだ声でつぶやいた。

「で、どんな〈食〉を捜したらええの？」

こいしがノートを開いた。

「祖父と一緒に食べたスパゲッティを捜して欲しいんです」

明日香がこいしの目を真っ直《ます》ぐに見た。

「どんな？」

こいしがノートに書き付ける。

「ナポリタンだったと思います。ケチャップ味でウィンナーが載って」

「うちのお父ちゃんの得意料理や。お祖父《じい》ちゃんが作ってくれはったん？」

「いえ。祖父の料理を食べた記憶はありません。旅行先のお店でふたりで食べたんです」

「ええお祖父ちゃんなんやね」

「うちの両親は共働きでずっと忙しくしていて……。なので小さいころは、ずっと祖父がわたしの面倒を見てくれていたんです」

明日香が顔をほころばせる。

「お名前は」

「知一郎です。美月知一郎」

こいしの問いに、明日香は姿勢を正して答えた。

「お祖母《ばあ》ちゃんは？」

「わたしが生まれて間もなく、病気で亡くなりました。ほとんどお祖母ちゃんの記憶はありません」

明日香の声が沈んだ。

「スパゲッティを食べたのは、どこへ旅行に行ったときやったん？」

ペンを構えてこいしが訊《き》いた。

「祖父にはあちこち連れて行ってもらいましたので、まったくわかりません」

明日香がローテーブルに目を落とした。

「どの地方かも？」

こいしの問いかけに、明日香は黙って首を横に振った。

「祖父は三年前から認知症を患ってしまって……。まさかこんなことになるとは思いもしなかったので、旅の思い出話なんかしたこともなくて」

「雲をつかむような話やなぁ。日本中でナポリタンを出す店なんて何軒あるかなぁ」

こいしが天井を仰いでため息を吐いた。

「五歳のころのことだったので……すみません」

明日香がちょこんと頭を下げた。

「どんな旅行やったか、思い出してみよか。なんか覚えてることないかなぁ。たとえば乗り物とか。なんか見たとか」

まるで幼子に訊《たず》ねるかのような口調で、こいしが明日香に言葉をかけた。

「海の近くのホテルに泊まりました」

固く目を閉じて、明日香が必死に記憶を辿っている。

「海の近く、後は何か？」

ペンを止めてこいしが訊いた。

「泊まった次の日、船に乗りました。車のまま乗ったような気がします」

明日香が目を輝かせた。

「ということはフェリーか」

こいしがノートに二重線を引いた。

「でも、おかしいんですよね。家に帰るときは新幹線だったし。新幹線に乗って浜松へ戻ったことだけは、はっきり覚えているんです」

明日香が小さな疑問を口にした。

「途中でレンタカーを借りはったんと違います？　うちのお父ちゃんも、よう使わはりますねん」

「そうかもしれません。お祖父ちゃんの車じゃなかったような気もします」

納得したように、明日香がうなずいた。

「海の近くのホテルて、どんなとこやったん？」

「……」

明日香は懸命に思い出そうとして、しかし浮かんでは消える記憶を、なんとか手繰り寄せようとしている。

「どれぐらいの時間、船に乗ってたん？」

こいしが話の向きを変えた。

「そんなに長い時間じゃなかったと思います。一時間とか二時間とか、そんなくらい」

「短い航路やね」

こいしがペンを走らせる。

「ホテルへ着く前……電気。電気がたくさん点《つ》いていた、ような気がする」

瞑想《めいそう》して明日香が言葉を繋《つな》いだ。

「イルミネーションのことかなぁ」

勢い込んだこいしが前のめりになるが、明日香は首をかしげるばかりだ。

「まぁ、旅行のことはちょっと横に置いとくとして、肝心のスパゲッティを思い出してくれる？　どんな店で、どんな味やったか」

本題に入って、背筋を伸ばしたこいしがペンを構えた。

「さっきも言いましたが、ナポリタンスパゲッティだったかと。ケチャップ味。ウィンナーが載っていて」

「どこにでもある普通のナポリタンやねぇ」

落胆したようにこいしがつぶやいた。

「黄色いスパゲッティ」

大きな声を出して、明日香が掌で膝を打った。

「黄色い？　ナポリタンやったら赤いんと違うの」

「赤と黄色が混ざった……」

記憶の糸を手繰ろうとしてか、明日香が天井の一点を見つめている。

「そんなナポリタンあるんかなぁ」

訝《いぶか》りながらも、こいしはノートにイラストを書き留めた。

「思い違いでしょうか」

自信をなくしたのか、明日香の声が小さくなった。

「お店のことは？　場所とか、店の名前とか雰囲気。五歳児には無理か」

半ばあきらめ気味にこいしが訊いた。

「駅に着いて祖父に手を引かれて、たくさん歩いたような記憶があります」

明日香は知一郎の手の温《ぬく》もりを思い出しているようだ。

「駅からしばらく歩く、と。食べてから又駅に戻ったん？」

こいしがペンを構えた。

「スパゲッティを食べてから、新幹線に乗って家に帰りました。その間ずっとわたしは泣いていたような記憶があります」

「疲れたん？」

こいしが笑みを向けた。

「それもありますけど、スパゲッティがすごく美味しかったので、それで……」

「そうか。美味しいものを食べたら泣けてくるんやったね」

「美味しいものを食べたときに、涙が出て来るようになったのは、あのスパゲッティがきっかけだったような気がします」

明日香が遠い目をした。

「それくらいしか記憶がなくて……。火傷《やけど》、したような、口の中。それと赤い大きな瓶を祖父が写真に撮って……」

明日香のつぶやきをノートに書き写してから、こいしが訊ねる。

「それやったら旅行のときの写真を見たらええやん。お祖父さんが撮ってはるんやから。写真を捜してみたら？」

「祖父が認知症を患っているんじゃないかと、疑い始めたきっかけが、身の回りのものを全部捨ててしまうことだったんです。大事な通帳だとか、現金や実印なんかをゴミ袋に放り込んでしまって。写真もその中に……」

明日香が声を落とした。

「お気の毒に」

「祖父と両親と四人で住んでいたんですが、家中の大事なものを全部捨ててしまうので、祖父は一昨年から施設に入っているんです」

明日香が寂しげに言った。

明日香の脳裏には長く四人で囲んだ団欒《だんらん》の光景が浮かんでいる。酒好きの知一郎は酔うほどに機嫌を良くし、やがて眠りに就く前に、決まって明日香の頭を二、三度撫でるのだった。

「写真が残ってたら、うちに捜してくれなんて頼まんでもええよね。やってみるしかないか。お父ちゃんやったら見つけてくれるやろ」

こいしがノートを閉じた。

「よろしくお願いします」

姿勢を正した明日香が、深々と一礼した。

「けど、なんで今になって、そのナポリタンを捜そうと思わはったん？」

こいしが訊いた。

「もう一度食べたいという気持ちもありますが、祖父に食べさせてあげたいんです。出来ればそのときと同じ店に連れて行ってあげて」

「今では、会いに行ってもわたしが誰だかすら、わからなくなってしまっているんです」

「そうなんや」

明日香がテーブルに目を落とした。

「よっしゃ。お祖父ちゃんにそのスパゲッティを食べさせてあげよ。まかしとき」

ノートを閉じて、こいしが拳で胸を叩《たた》いた。


「あんじょう話はお聞きしたんか」

カウンター席に腰かけていた流が新聞を閉じた。

「わたしの記憶が頼りなくて」

明日香が言葉を挟んだ。

「ナポリタンを捜して欲しいんやて。お父ちゃんの得意料理やんか」

こいしが言った。

「わしのレシピではあきまへんか」

流が明日香に笑みを向けた。

「美味しかったらそれでもいいんですが」

明日香が笑顔を返した。

「次のお約束はしたんかい」

流がこいしに訊いた。

「うっかりしてたわ。二週間後の今日でよろしい？」

こいしがたしかめると、明日香はこっくりとうなずいて、店を出た。

「今日は京都にお泊まりで？」

明日香の持つ大きなバッグに、流が目を留めた。

「そのつもりだったんですが、明日もずっと雨みたいなので浜松に戻ります」

「雨の京都もええもんですけどな」

流が雨空を見上げた。

「次の楽しみに取っておきます」

明日香が微笑《ほほえ》んだ。

「せいだい気張って捜させてもらいます」

流が明日香の目をしっかりと見据えた。

「楽しみにしています」

一礼して明日香が、東本願寺に向かって歩いて行く。見送ってふたりは店に戻った。

「ここんとこ毎日雨やな。そろそろ飽きて来たで」

流がパイプ椅子に腰かけた。

「こんなんで捜せるかなぁ」

隣に座ったこいしがノートを広げて、流に見せた。

「やってみんとわからんがな」

老眼鏡を出して、流がノートの字を追う。

「雲をつかむような話やろ。ナポリタンなんて、どこにでもあるしなぁ」

こいしがノートを覗《のぞ》き込んだ。

「海の近くのホテル、フェリーか」

流はノートの頁《ページ》を繰った。

「電気」

流がぼそっとつぶやいた。

「なんぼお父ちゃんでも今回ばっかりは無理なんと……」

「お父ちゃんな、明日から旅行に行くわ」

流がこいしの言葉を遮った。

「え？　もう行先がわかったん？」

こいしが甲高い声を出す。

「どういう旅行やったか、大方の目星は付いた。ただ、そんな店があるかどうかや」

流が腕組みをした。

「なんや。店はわかってへんのかいな」

こいしが声のトーンを下げた。

2

「やっぱり雨なんだ」

京都駅の烏丸口を出て、明日香は小さく肩をすくめた。

梅雨はまだ明けてないのだから、京都も雨で当たり前、そう自分に言い聞かせながら、烏丸通を北に向かって歩いて行く。

傘に当たる雨音が徐々に強くなった。信号待ちをする明日香の足に、地面から容赦なく雨粒が跳ね返る。『鴨川食堂』の玄関先に立って、明日香は傘をつぼめ、大きく深呼吸をした。

「いらっしゃい。また雨になったねぇ」

引き戸を開けて、こいしが明日香を迎え入れる。

「こんにちは。お世話になります」

明日香は赤いレインコートを脱いで、壁のフックにかけた。

昼を過ぎて、客が帰った後なのだろうか。がらんとした店の中だが、いくらか人の気配も残っている。前回もそうだったが、客の姿は見かけないのに、なぜか人の温もりが感じられる。不思議な店だと、明日香は改めて感じた。

「よかったら使うて」

こいしがタオルを差し出した。

「ありがとうございます」

明日香がストッキングの水滴を拭った。

「お腹すきましたやろ。すぐにご用意しますんで」

厨房から出て来て、流が白い帽子を取った。

「よろしくお願いします」

下げた頭を明日香が起こすと、流は笑顔を残して厨房に戻って行った。

タオルをこいしに返して、明日香はパイプ椅子に腰かけた。

「お祖父ちゃんに変わりはないの？」

こいしが清水焼の急須を傾けた。

「一昨日、会いに行ったんですけど、やっぱりわたしのことがわからないみたいで」

明日香が顔を曇らせた。

「辛《つら》いねぇ」

こいしが情を寄せた。

厨房からフライパンを振る大きな音が聞こえて来て、香ばしい匂いも漂い始める。気を取り直したように、こいしは明日香の前にピンクのランチョンマットを敷いて、その上にフォークを載せた。

「こいし、そろそろ出すさかい、エプロン付けたげてくれるか」

厨房から流が叫んだ。

「お洋服を汚さんようにせんとね」

ベージュのワンピースを着た明日香の後ろから、こいしが白いエプロンを付け、首の後ろで紐《ひも》を結ぶ。何が始まるのかと、明日香は少しばかり戸惑いを覚えた。

「お待たせしましたな」

流が急ぎ足で銀盆を運んで来た。

「ソースが跳ねますさかいに気ぃ付けてくださいや」

ランチョンマットの上には、木皿の上に載った丸い鉄板が置かれ、ジュージューと音を立てている。明日香は無意識に背中を反らせた。

「熱い内に召し上がってください。今日は火傷せんように」

傍らに立つ流が明日香に笑みを向けた。

「これ……」

明日香が大きく目を見開いた。

「思い出さはりましたか。お祖父さんと一緒に食べはったんは、たぶんこんなスパゲッティやったと思います。存分に召し上がってください」

タバスコの小瓶をテーブルに置いてから、銀盆を小脇に挟んで、流が厨房に戻って行く。

「お冷や置いときますよって」

氷水の入ったグラスとピッチャーをテーブルに置いて、こいしが流の後を追った。

熱した鉄板に載せられているのは、ケチャップにまみれた赤いスパゲッティだが、一面に玉子が敷いてあるので、黄色も目立つ。縦割りにされたウィンナーが三つほど飾られている。明日香は合掌し、急いでフォークを取った。

「熱い」

スパゲッティを口に運んですぐ、明日香が顔をしかめた。

鉄板の上で湯気を立てているスパゲッティは、普通のパスタとは比べものにならないくらいに熱い。口中を火傷しそうだが、美味しさが先に立ち、冷めるまで待つことなど出来ずにいる。

「美味しい」

小さくつぶやいて、明日香はフォークを止めることなく食べ続けた。

フォークでウィンナーを刺して口に運ぶと、パリっと皮がはじけた。時間が経《た》つに連れ、玉子に火が通ってゆく。薄焼き玉子でスパゲッティを包んで、明日香が口に運んだ。

「オムライスみたい」

ひとりごちた明日香の頬を涙が伝った。

知一郎と過ごした時間ばかりが思い出される。小学校の入学式。中学、高校になっても、いつも傍らに居たのは父でも母でもなく、祖父の知一郎だった。

「どうやら間違うてなかったようですな」

流が厨房から出て来た。

「はい」

短く答えて、明日香がハンカチで頬を拭った。

「正確に言うとナポリタンやのうて、イタリアンと呼ぶんやそうです。名古屋にある『しぇふ』という店のメニューでした。と言うても、この店のメインは名古屋名物の〈餡《あん》かけスパゲッティ〉ですけどな」

「名古屋だったんですか」

明日香には予想外の地名だったようだ。

「そのときの旅行は、おそらく、こんなコースでしたんや」

流がテーブルに地図を広げて続けると、明日香とこいしが覗き込んだ。

「旅の目的地は三重県の鳥羽やったと思います。おそらく水族館にでも連れて行かはったんでしょう。たいていの子供は喜びますわ。海のそばのホテルに泊まって、船に乗ったとなると、こういうルートやないかと」

流が地図に赤い線を引いた。

「泊まったのは伊良湖《いらご》、ですか」

明日香が不思議そうに言った。

「電気が見えたのは、たぶん電照菊のことやと思います」

「デンショウギク？」

同時に声をあげて、明日香とこいしが顔を見合わせた。

「渥美《あつみ》半島の名物っちゅうか、名産品ですわ。菊を温室で栽培するんですけどな、一晩中電気を赤々と点けておいて育てます。そうして開花の時期を調節するんやそうです。こうして見たら綺麗《きれい》な夜景ですやろ」

タブレットに指を滑らせて、流が電照菊の写真を見せた。

「こんな感じだったかな……」

明日香は半信半疑のようだ。

「何かの事情で夜遅い出発やった。あなたを船に乗せてあげたかったんでしょう。豊橋でレンタカーを借りて、伊良湖で一泊。翌朝フェリーで鳥羽へ行き、一日遊んで名古屋まで車で戻る。そんな行程やったんやないかと」

「電照菊か。そう言うたら学校で習うたような気もするわ」

腕組みして、こいしが首を縦に振った。

「鳥羽から伊勢湾沿いに車で北上して、名古屋に着きます。ここでレンタカーを返して、新幹線で浜松へ帰る。その前にスパゲッティ屋さんへ行かはった。お祖父さんは、美味しいもんに目がなかったんでしょう。旅の最後をこの店で締めくくりたいと計画されてたんやと思います。子供の好きそうなメニューです。きっとあなたに食べさせたかったんですやろな」

流がディスプレイに指をスライドさせて、店の写真を表示させた。

「このお店だったんですか」

明日香が感慨深げに目を細めた。

「わざわざ名古屋で乗り換え時間に余裕を作って、この店に行く人も多いんやそうです。料理の名前はナポリタンやのうてイタリアン。溶き卵を鉄板に敷いて、その上にナポリタンを載せた料理を名古屋ではイタリアンと呼ぶみたいです。黄色のイメージは、この溶き卵のせいですやろな。お祖父さんが写真に収めはった赤い瓶はこれ。タバスコの巨大な瓶。わしも思わずデジカメで撮ってしまいました」

タブレットの写真を次々とスライドさせながら、流が明日香に説明を加えた。

「タバスコだったんだ」

明日香がタバスコの小瓶を手に取って、ディスプレイの画像と見比べた。

改めてフォークを手にした明日香は、鉄板に残ったスパゲッティを丁寧にさらえる。

鉄板にこびり付いた玉子をこそげ、一本も残さずにスパゲッティを食べ切った。

しばらくは空になった鉄板をじっと見つめ、やがて両掌《りょうて》を合わせた。

「ごちそうさま」

見届けて流が訊ねる。

「お祖父さんは今おいくつです？」

「先月七十五になりました」

明日香が答えた。

「まだまだお若いですがな。このスパゲッティが何かのきっかけになりますやろ」

「そうだといいのですが」

明日香がか細い声で言った。

「お店まで連れてあげるのが一番やが、それが無理やったら、あなたが作ってあげなはれ。鉄板と材料の一式を用意しときました。レシピてなほど、たいそうなもんやおへんけど、料理の作り方も書いときましたさかい」

流が目で合図すると、こいしが紙袋を明日香の横に置いた。

しばらく目を細めてから、想いを断ち切るかのように、すっくと立ち上がった明日香は、ふたりに深々と頭を下げた。

「本当にありがとうございました。お支払いの方を」

明日香がバッグから財布を取り出した。

「お気持ちに見合うた金額をこちらに振り込んでください」

こいしがメモ用紙を渡した。

「わかりました。帰ったらすぐに」

「まだ学生さんなんやから、ホンマに気持ちだけでええんよ。無理せんとってね」

こいしが明日香に笑みを向けた。

「お気遣いありがとうございます」

ふたりに頭を下げ、赤いレインコートを羽織って、明日香が引き戸を開けた。

「これ、入って来たらアカンよ」

敷居に足を掛けたトラ猫をこいしが牽制《けんせい》した。

「雨に濡れちゃって可哀《かわい》そうに。なんていう名前ですか?」

明日香が屈み込んだ。

「ひるねて言うんです。いっつも眼《め》をつぶって寝てるみたいやから」

こいしも隣に屈んだ。

「雨、あがったみたいやな」

流が掌を空に向けると、薄日が差して来た。

「ひとつ、お訊きしてもいいですか」

立ち上がって、明日香が流の目を真っ直ぐに見た。

「なんです？」

流がその目を見返す。

「祖父と一緒に食べた料理はたくさんあるのに、わたしは何故《なぜ》あのスパゲッティが気になっていたんでしょう」

明日香が訊いた。

「あくまで、わしの推測ですけどな」

ひと息ついて、流が続ける。

「五歳にならはって、お祖父さんがあなたを一人前の人間として扱わはるようになった、初めての旅やったからと違いますかな」

流の言葉に、明日香はハッとしたように、大きく目を見開いた。

「きっとそれまでは、ひと皿の料理を分け合うて食べてはったのが、この旅からはあなたを一人前の人間として見はるようになった。その証《あか》しが、ひと皿のスパゲッティやった。自分の前に、自分だけの料理がある。よっぽどそれが嬉しかったんですやろ」

「……」

明日香は言葉を捜して、見つけることが出来ずに居るようだ。

「美味しいものを食べたら涙が出て来るようになった。それも同じ理由やと思います。おそらく、旨いもんを食う楽しみだけやのうて、感謝する気持ちやとか、大切なことをお祖父さんが教えはったんやないですかな。それが無意識にあなたの記憶の片隅に残ってたんでしょう」

流の言葉に明日香が瞳を潤ませた。

「お祖父ちゃんによろしゅう」

こいしが明日香に笑みを向ける。

「ありがとうございました」

深く腰を折ってから、明日香が歩き始めた。

流とこいしはその背中を見送った。

「よう見つけたなぁ。さすがはお父ちゃんや」

店に戻って、こいしが片付けを始める。

「五歳の子供には楽しい旅やったやろうな。子供を育てるのは親だけと違うんや」

話し終えて、流が茶を啜った。

「うちはお祖父ちゃんと一緒に旅行なんかしたことなかった」

片付けの手を止めて、こいしが宙を見つめた。

「オヤジはわし以上に仕事人間やったからな。なんぞ言うたら《そもそも警察官ちゅうもんはな》から長い説教が始まる。わしもオヤジと旅行した覚えはないわ」

流が居間に上がり込んだ。

「そう言うたら、お父ちゃんと旅行したこともほとんどないなぁ。いっつもお母ちゃんとふたりやった」

「警察官は年中無休や。オヤジからそう言われてたさかいに、掏子があないなるまで、家のことは放ったらかしやったな」

流が仏壇の前に座った。

「何もかもお母ちゃんまかせ。ホンマにお母ちゃん、ようやってくれはったわ。ディズニーランドも動物園も、海水浴も山登りも、どこ行くのもお母ちゃんとふたり。けど、なんにも寂しいことなかった。とっても楽しかったよ、お母ちゃん」

流の隣に座って、こいしが仏壇に手を合わせた。

「今夜はどこぞへ旨いパスタでも食べに行こか」

線香を立ててから、流が腰を上げた。

「うちは久しぶりに、お父ちゃんのナポリタンが食べたいんやけど」

こいしが上目遣いに流を見た。

「嬉しいこと言うてくれるやないか。よっしゃ。鉄板もあるこっちゃさかい、あのイタリアンにしたるわ」

流が腕まくりをした。

「鉄板て、明日香さんに渡したんと違うん？」

立ち上がってこいしが訊いた。

「あれな五個セットで買うたんや。ふたつ渡したさかい三つ残ってる。どや？　浩さんも呼ぶか？」

「ええなぁ。そうしよ。合いそうなワイン買うて来るわ」

こいしがエプロンを外した。

「安いのでええで。今夜は質より量や。掬子も飲みたがっとるやろからな」

流がこいしに財布を渡して、仏壇を振り向いた。

第六話　肉じゃが

1

一年のうち、春と秋のトップシーズンは京都が最も混み合う季節である。わけても花の命が短い春は、ごく短期間に観光客が押し寄せ、大げさではなく京都中が人で埋まる。

昼を少し過ぎたばかりの東本願寺前の広場でも、多くの旅人が桜の木々を見上げ、スマートフォンのレンズを向けていた。

ただ桜の花だけを写して、どうしようというのか。その意を理解できないという風に、スーツ姿の若い男は何度も首をかしげた。

ひと渡り記念撮影をした後、今度は桜の穴場とも言われる、枳殻邸《きこくてい》へと旅人の群れは移動する。男はその人波の流れに乗るようにして、地図を片手に正面通を東へと向かう。やがて右側に目指す店らしき建物が姿を現した。

「ここか」

男はモルタル造りの二階屋と、手描きの地図を見比べた。半分ほど開いた窓から中の様子を覗《のぞ》き見る。

ひとりの老婦人がテーブル席で悠々と食事をしている。傍らに立つ白衣姿の男性は料理人のようだ。他に客はいない。

「こんにちは。鴨川流さんは？」

「わしですけど」

振り向いて流が男の風采《ふうさい》に目を留めた。

仕立てのいい濃紺のスーツにはペンシルストライプが入っている。小脇に抱えているセカンドバッグはボッテガヴェネタ。先の尖《とが》った茶色のブーツはエナメルの輝きを放っている。

「失礼します。おや、山菜の天ぷらですか。ウマそうですね」

男は店に入り込み、老婦人の前に置かれた皿を一瞥《いちべつ》してから、上着を脱いで椅子の背に掛けた。

「どちらさんです？」

白いシャツにブラックジーンズ、黒いソムリエエプロンを着けた、鴨川こいしが訝《いぶか》しげに訊《き》いた。

「申し遅れました。伊達久彦《だてひさひこ》と申します。大道寺の紹介で伺いました」

男が恭しく名刺を差し出した。

「おたくが伊達さんでしたか。茜から聞いてましたんやが、いつお見えになるんかなと。ダテエンタープライズ……」

名刺を受け取って、流がしげしげと見ている。

「あなたがこいしさんですね。大道寺からお噂《うわさ》はかねがね。聞きしに勝るお美しいお嬢さんだ」

久彦がこいしに流し目を送った。

「お嬢さんやなんて。とっくにオバサンになってるんですよ。ねぇ、妙さん」

顔を真っ赤にして、こいしが来栖妙の背中を叩《たた》いた。

「なんですか。ひとが食事中だというのに。少し騒がし過ぎるんじゃありませんか」

藤色の着物に利休鼠《りきゅうねず》色の帯を締めた妙が、ぴしゃりと言った。

「これは失礼しました。あまりにも美味《おい》しそうな天ぷらと、美しいお嬢さんを前にしてつい」

久彦が深々と頭を下げた。

「そういう薄紙のような軽い言葉は、京都では通じませんことよ」

妙が箸を伸ばしてコゴミを天つゆに浸《つ》けた。

「お腹《なか》の方はどないです?」

流が間に入った。

「突然で申し訳ないのですが、何か食べさせてもらえれば」

久彦がお腹を押さえた。

「初めての方には、おまかせを食べてもろてますので、それでよかったら」

「お願いします」

テーブルに名刺を置いて、流が厨房《ちゅうぼう》の暖簾《のれん》を潜《くぐ》った。

「どうぞおかけください」

赤いシートのパイプ椅子をこいしが引いた。

「看板もないし、メニューも置いてない。大道寺から聞いてはいましたが、思っていた以上に不思議な店ですね」

腰を下ろして、久彦が店の中をぐるりと見回した。

「茜さんとは、どういうご関係ですのん？」

こいしが久彦の前に湯呑《ゆの》みを置いた。

「大道寺が編集長をしている『料理春秋』という雑誌を、会社ごとうちで引き受けることになりましてね。出版社はどこも厳しいですから」

さらりと言って、久彦がゆっくりと湯呑みを傾ける。

「ダテエンタープライズて、何の会社なんです？」

横目で名刺を見ながら、こいしがダスターを使った。

「なんでも屋です。金融から不動産、飲食業から出版まで。事業と名が付くものならすべて手がけています」

「ＣＥＯ……」

こいしが名刺を手に取った。

「最高経営責任者。日本風に言えば会長ってところですかね」

茶を飲みながら、久彦がスマートフォンを操作した。

「お若いのに会長ですか」

こいしが久彦の横顔と名刺を交互に見比べた。

「こいしちゃん、お抹茶を少しいただけるかしら」

箸を置いて、妙がこいしに顔を向けた。

「今すぐお抹茶ですか？　まだお食事続きますけど」

振り向いて、こいしが訊いた。

「違うわよ。お抹茶の粉を少し持って来て、って言ってるの」

「抹茶塩になさるんですか」

白磁の盃を手にして、鴨川流が厨房から出て来た。

「さすが流さん。察しが早いこと」

「最初からご用意しといたらよかったですな」

流は黒塗りの折敷《おしき》の横に盃を置いた。

「わたくしの気のせいかもしれませんが、今日の山菜は苦みが乏しいように思いまして」

来栖妙は抹茶を塩に混ぜ、コシアブラの天ぷらをそれに付けて口に運んだ。

「妙さんには、かないまへんなぁ。おっしゃるとおり、苦みも香りも弱いと思います。大原の奥の久多《くた》の山まで行って、採って来たんですけど」

腕組みをして流が首をかしげた。

「食材もご自分で調達なさるんですか」

久彦がスマートフォンをテーブルに置いた。

「山菜やらキノコだけは山へ採りに行くんですわ。市販のもんは香りが頼りのうて」

流が顔だけを久彦に向けた。

「さすが京都。ますます楽しみだな」

「すぐにご用意します」

流が小走りで厨房に向かった。

「どちらからいらしたのかは存じませんが、京都のお店がみんな、こんなんじゃありません。ここは特別なお店ですのよ」

久彦の顔を見据えて、妙が釘《くぎ》をさした。

「何も知らない東京者なもので。もっとも生まれは広島の田舎ですから、山猿みたいなものです」

久彦が左側の頬だけを緩めた。

「若い人は勘違いなさいますが、田舎は広島じゃなく東京の方です」

そう言って、妙が久彦に背中を向けた。

「お待たせしましたな。若い方がお腹を空《す》かせてはるんやから、多めにご用意しました」

流が、青竹で編んだ大ぶりの籠《かご》を、久彦の前に置いた。

「こいつはすごい」

久彦が目を輝かせる。

「この時期ですさかい、花見弁当のまね事をさせてもらいました。懐紙の上に載ってるのが山菜の天ぷらです。コゴミ、モミジガサ、ヨモギ、タラノメ、コシアブラとシオデです。抹茶塩もご用意しましたけど、天つゆ浸けてもろても美味しおす。お造りは桜鯛《さくらだい》と細魚《さより》。ポン酢で召し上がってください。焼きもんは桜鱒《さくらます》の味噌《みそ》漬け、煮物は若竹です。ホタルイカとワカメの酢味噌和《あ》え、ひと晩煮込んだ近江牛、手羽先の唐揚げ。お椀《わん》は浅蜊《あさり》と筍《たけのこ》の真蒸《しんじょ》。ご飯は筍ご飯ですけど、白いご飯も用意してます。お代わりもありますから、足らなんだら言うてください。どうぞごゆっくり」

流の言葉に目を左右、上下に動かし、いちいちうなずいていた久彦が箸を取った。

「盛りだくさんですねぇ。どれから食べるか、迷いますよ」

「言っておきますけどね……」

妙が向き直ると同時に、久彦が口を開く。

「京都の店がみんな、こんな風じゃない。ここは特別な店なんですよね」

妙に笑顔を向けてから、真っ先に久彦が箸を付けたのは近江牛の煮込みだった。

「わかっているならよろしい」

妙が大きくうなずいた。

「とろけますね。なんてやわらかいんだろう」

目を閉じて、久彦はじっくりと肉の旨《うま》みを味わっている。

「長いこと時間かけて煮込んだら、肉はやわらこうなります。ゆっくり召し上がってください。お食事が終わったら、娘が話をお聞きしますんで」

久彦の様子を見届けて、流は厨房に戻って行った。

「急須を置いときますよって、お茶が足らんかったら声をかけてくださいね」

こいしが流の後に続いた。

久彦は椀を手に取り、ひと口啜《すす》って、吐息《といき》を漏《も》らす。山菜の天ぷらに抹茶塩を振りかけ、口に運ぶ。サクサクと嚙《か》む音が店に響く。鯛の薄造りをポン酢に浸けて舌に載せる。

「これこれ、この味。瀬戸内の鯛でしょうね、きっと」

妙の様子を窺《うかが》いながら、久彦はひとりごちた。

「正確には宇和海《うわかい》だそうですよ」

久彦に背を向けたまま、妙がつぶやいた。

「宇和の海ですか。道理で旨いわけだ」

久彦が筍ご飯を頬張りながら言った。

よほど空腹だったと見え、焼き魚、手羽先の唐揚げ、煮物、和え物と次々平らげ、あっという間に、青竹の籠は空になった。

「お口に合いましたかいな」

益子焼《ましこやき》の土瓶を持って、流が久彦の横に立った。

「とても美味しかったです。大道寺ほどの食通が絶賛するのですから、間違いないとは思っていましたが、これほどとは」

久彦が相好を崩した。

「それはよろしおした。お番茶に替えておきますんで、いっぷくなさったら声をかけてください。奥へご案内します」

流が京焼の急須を益子焼に替えた。

「そろそろお菓子をいただけるかしら」

　妙が流に言った。

「承知しました。今日は桜餅《さくらもち》を作りましたさかい、楽しみにしとってください。お抹茶はいつものように濃いぃのがよろしいかいな」

「桜餅でしたら、少し薄めがいいかしらね」

「そうですな。甘さを控えてますんで」

「じゃ、そうしてくださいな」

　流と妙の遣《や》り取りが終わるのを待って、腹をさすりながら、久彦が立ち上がった。

「ごちそうさま。僕ひとりで行けますから、お仕事なさってください。左手のドアから廊下を真《ま》っ直《す》ぐに行けばいいんですよね。大道寺から聞いてますので大丈夫です」

「そないしてもろたら助かります。向こうでこいしが待っとりますんで」

　流が奥のドアを指した。

「わたしならいいんですよ。ちっとも急ぎません。どうぞ案内してあげてくださいな」

「子供じゃないんですから、奥の部屋くらいひとりで行けます。どうぞごゆっくり」

　おくびを飲み込んでから、久彦が奥のドアを開けた。

　長い廊下が続く両側の壁はピンナップされた写真で埋め尽くされている。中には人物のスナップもあるが、ほとんどは料理の写真だ。久彦が目を留めるのは肉料理の写真ばかりである。一、二歩進んでは、また止まる。何度かそれを繰り返しながら、ようやく『鴨川探偵事務所』と札が掛かるドアをノックした。

「どうぞお入りください」

　待ち構えていたように、中からこいしがドアを引いた。

「失礼します」

　久彦は黒いソファの真ん中に腰を下ろした。

「ここにご記入いただけますか」

　向かい合って座るこいしがバインダーをローテーブルに置いた。

「意外にちゃんとしてるんですね」

　久彦が左の頬を緩めて、ペンを取った。

「茜さんのご紹介やし、名刺も頂いてるんで、連絡先の電話番号だけでもええですよ」

　こいしが遠慮がちに言った。

考える風もなく、久彦はすらすらとペンを進め、一分と経《た》たずにバインダーをこいしに返した。

「伊達久彦さん。三十三歳ですか。お住まいは六本木ヒルズ・アートタワーレジデンス……。きっと凄《すご》いお住まいなんでしょうね」

こいしがため息を吐いた。

「住まいと言っても、毎晩のように会社のパーティーを開くので、オフィスみたいなものです。三十九階ですから、眺めだけはいいですけどね」

「そんな高いビル、京都にはありませんわ」

「だから京都は街並みが綺麗《きれい》なんじゃないですか。僕なんか生まれは田舎の島ですから、東京よりこういうところの方が落ち着きますよ」

久彦が窓の外に目を遣った。

「お生まれはどちらです？」

「瀬戸内海の豊島《とよしま》という小さな島です」

久彦が長い足を組んだ。

「どの辺にあるんですか」

「広島の呉《くれ》という町をご存知ですか？」

「だいたいわかります」

こいしは頭の中に地図を浮かべた。

「その近くです。今は橋が架かっていますが、僕が住んでいるころは船でしか行けない離れ島でした」

久彦が遠い目をした。

「捜してはるのは、そのころの味ですか？」

こいしが本題に入る。

「小さいころに食べた肉じゃがを捜して欲しいんです」

久彦が身を乗り出した。

「どんな肉じゃがでした？」

こいしがノートにペンを走らせる。

「覚えていないんです。おふくろが作ってくれたことはたしかなんですが」

久彦が声を落とした。

「まったく、ですか？」

「ええ」

「困ったなぁ。捜しようがないわ。何かヒントはありませんか」

　こいしが顔を曇らせた。

「五歳のとき、母が病気で亡くなる直前に、豊島から岡山の児島《こじま》というところへ引越しました。それから後のことはたいてい覚えているのですが、豊島のころのことは記憶が曖昧で……」

「お母さまが亡くなったのは二十八年前ですね」

　こいしがノートに書き付けた。

「母と一緒に遊んだことや、お風呂に入ったこと、島の中を探検したことなんかは、なんとなく覚えているのですが、料理の味まではまったく覚えていなくて。美味しかったとだけしか」

「おうちのお仕事は？」

　こいしが緒《いとぐち》を見つけようとする。

「倉庫会社を経営していたんです。島一番の金持ちだと言って、よく父が自慢していました。たしかに裕福な暮らしだったと思いますが、たかが田舎の小さな島ですからね」

　俯《うつむ》き加減に久彦が答えた。

「岡山へ引越しされてからも？」

こいしが久彦の顔を覗き込んだ。

「会社ごと引越したのですが、二年ほどで倒産してしまいました。母の治療費がかさんで、思うように設備投資できなかった、と後に父から聞きました」

「長患いやったんですか」

「一年半ほど闘病していたようです。難病だったと聞きました」

久彦が声を落とした。

「お父さんも苦労なさったんやね」

「そうでもないですよ。母が亡くなって一年も経たないうちに再婚したのですから。それも母の病床に付き添っていた女性とね」

久彦が冷ややかな笑みを浮かべた。

「小さなお子さんには、お母さんが要ると思わはったんでしょう」

「付き添いさんだった女性を、或《あ》る日突然お母さんと呼べ、って言われてもねぇ。おまけに、いきなり七つ上の姉まで出来ましたし」

「皆さんのお名前を確認させていただいてもよろしい？」

「父は伊達久直《ひさなお》。母は伊達君枝《きみえ》。継母は伊達幸子《さちこ》。連れ子の姉は伊達美帆《みほ》です」

至極事務的に伝えながら、久彦がこいしの手元を覗き込んだ。

「皆さん、今はどうなさっているんですか?」

「父は僕が小学校を卒業した春に亡くなりました。それから、中学、高校の六年間は継母と姉と三人暮らしでした。ひとつ屋根の下で僕だけが他人なんです。毎日が息苦しくて、岡山の高校を出てすぐ、家を飛び出して上京しました」

久彦がローテーブルに視線を落とした。

「家を出はったんは十八歳の時。それから十五年……」

こいしが指を折った。

「夢中で突っ走って来ましたから、あっという間でしたね」

「岡山から東京へ出て、成功を収めはって、今なんで肉じゃがを?」

こいしがペンを持つ手を止めた。

「『キュービック』という女性誌の取材を受けることになりましてね」

「知ってます。て言うか愛読者です。わたしらアラサー世代にはピッタリの雑誌……、ひょっとして〈サクセスメン〉に登場しはるんですか」

目を輝かせながら、こいしが両膝を前に出した。

「インタビュー取材が来月に予定されています。幾つかのコーナーがあって、成功の秘訣《ひけつ》だとか、今の日常生活、思い出のオフクロの味を紹介することになってます」

久彦が答えた。

「男のソウルフードはオフクロの味。そんなコーナーでしたね」

こいしがペンを走らせた。

「自分にとってオフクロの味って何だろうと考えていて、ふと肉じゃがを思い出したんです」

久彦が声を暗くした。

「どんな料理やったか、味も覚えてへんのに、ですか」

こいしが怪訝《けげん》そうな顔付きで訊いた。

「間違いなく肉じゃがは僕のソウルフードだと気付いたんです」

久彦が口元を引き締めた。

「でも、覚えてはらへんのでしょ?」

こいしがソファにもたれ込んだ。

「美味しかったということと、何となくですが、母の肉じゃがは全体が赤っぽかったような記憶がある。それくらいしか……。でも、もうひとつの肉じゃがは鮮明に覚えているんです」

久彦が眉間にしわを寄せる。

「もうひとつ？」

　こいしが身体《からだ》を起こして、ペンを取った。

「中学を卒業したばかりの春休みでした。高校入学の手続きをして、家に帰って来ると、もう夕食の支度が出来ていました。幸子さんと美帆さんは出掛けていて留守だったので、何気なく台所に行くと、肉じゃがの鍋がふたつあったんです」

　久彦が思い出を語り始めた。

「ふたつの鍋、ですか」

　こいしが不思議そうに訊いた。

「食べ比べると、明らかに味が違いました。僕がいつも食べているより、うんと美味しい肉じゃががあったんです。肉もたっぷり入っている。それが幸子さんと美帆さんの分でした。僕の方は肉なんか入ってませんでした。なのにテーブルに並んだ時には肉があった。少しは気が引けたんでしょう」

　久彦が哀《かな》しげな声を出した。

「全部入り切らへんかったから、ふたつの鍋に分けはっただけやと思いますけど」

　こいしが慰めとも取れる言葉をかけた。

「中学生にもなれば、それくらいはわかりますよ。ずっと騙《だま》されていたんだと思うと怒りがこみ上げて来て……。やっぱり血が繫《つな》がっていないから差別されたんだと」

久彦が唇を真っ直ぐに結んだ。

「そうやったんですか……」

こいしは言葉の続きを探しあぐねている。

「そのとき、心に決めたんです。この家を出たら、絶対に成功して、このふたりを見返してやる、って」

久彦は拳に力を込めた。

「けど、亡くなったお母さんが作ってくれはったのは、どんな肉じゃがやったか、まったく覚えてはらへん。難しいなぁ」

こいしが顔を曇らせた。

「大したヒントにはならないかもしれませんが、豊島に居たころは裕福な暮らしだったので、きっと上等の肉を使っていたと思うんです。《普通の家ではこんな肉は食えんさけぇな》。父がそう言っていたことだけは覚えていますから」

久彦が誇らしげに胸を張った。

「肝心の味付けがわからんことには。ええ肉を使《つこ》うてたというだけではねぇ」

こいしがノートを繰りながら、何度も首を斜めにした。

「それと……」

久彦が言い淀《よど》んでいる。

「何か？」

こいしが久彦の目を覗き込んだ。

「どういうわけか、亡くなった母の肉じゃがと言うと、山が頭に浮かぶんです」

「山？　肉じゃがと山……。なんでやろ」

腕組みしてこいしが天井をじっと見つめる。

「ま、五歳にもならないころの記憶ですから」

久彦が気を取り直した。

「上等の肉、山、これだけで再現するのはねぇ」

こいしがため息を吐いた。

「もしダメだったら、いちおう抑えはキープしてあるので」

挑むような視線を、久彦がこいしに向けた。

「抑え？」

「テレビにもよく出ていますが、料理の賢人で有名な舘野《たての》ヨシミに頼もうと思っています。創作和食のプリンスと呼ばれていますが、僕の親友なんです。彼なら最高の食材を使って、僕が子供のころに食べただろう肉じゃがを、再現してくれるでしょう」

久彦が鼻を高くした。

腹立たしく思いながらも、こいしは何も反応せず、流の心情を慮《おもんぱか》って、ノートにも書かずにおいた。

「お母さんやお姉さんとは？」

「成人式のときに児島に帰って、そのとき家に戻ったのが最後でした」

「十三年も会《お》うてはらへんのですか」

「会う必要もありませんしね」

久彦が涼しい顔をした。

「わかりました。なんとか捜してみます」

こいしがノートを閉じた。

「取材を受けるのが来月なので、そのつもりで捜していただけますか。無理だとわかったら早めに連絡ください。次の手を打ちますから」

久彦が立ち上がって、こいしを見下ろした。

勝手知ったる、とばかりに、久彦は廊下をさっさと歩き、店に通じるドアを開けた。

「もう済んだんですか」

流は広げていた新聞を慌てて畳んだ。

「お嬢さんに、要領よく話を聞いていただけたんで」

後ろから付いて来るこいしを、久彦が振り返った。

「せいだい早いこと捜させてもらいます」

立ち上がって、流が腰を折った。

「見つかり次第ご連絡ください。すぐに参ります」

久彦も流に一礼した。

「ようけの事業なさってたら忙しぉすやろ」

「優秀な部下がたくさん居りますので、こう見えて意外にヒマなんです。真っ黒い醤油《しょうゆ》味のラーメンを食べるためだけに、京都にやって来ることもあるくらいですから」

久彦がにっこり笑った。

「茜からも聞いとりますさかい、気張って捜しますわ」

流が笑みを返した。

ふたりの遣り取りを黙って聞いていたこいしが、引き戸を開けた。

「じゃ、よろしくお願いします」

久彦が玄関を出ると、トラ猫が駆け寄って来た。

「これ、お洋服汚したらアカンよ」

慌ててこいしが、ひるねを抱き上げた。

猫など眼中にないかのように、久彦は正面通を悠々と西に向かって歩いて行った。


「お父ちゃんは何も聞かんでよかったん？　けっこう難問やと思うけど」

店に戻るなり、こいしが不安そうな表情を流に向けた。

「モノは何や？」

流がパイプ椅子に腰掛けた。

「肉じゃが」

向かいに座って、こいしが答えた。

「思うてたとおりやな。亡くなったお母さんの料理やろ」

流が自信ありげに笑みを浮かべた。

「思うてたとおり、て？」

「ひと月ほど前にな、茜から頼まれたんや。伊達久彦という男のことを調査してくれと。その男の下で働いてもええもんか、どうか、っちゅう話。せやから、あの男のことは、大方調べてある。生まれはどうで、どんな育ち方をして、今はどういう仕事ぶりなんか、とかな」

戸棚から流がファイルケースを取り出した。

「急に東京へ行ったんは、茜さんに会うためやったんか」

こいしが声を落とした。

「放っとけへんがな。切羽詰まった声で電話して来よったさかい」

流はファイルに目を通している。

「お父ちゃん」

こいしが真剣な表情を流に向けた。

「なんや？」

流が顔を上げた。

「……。なんでもない」

目を逸《そ》らして、こいしが立ち上がった。

「おかしなやっちゃな」

流がファイルを繰った。

「うちのお母ちゃんの肉じゃがて、どんなんやったっけ」

こいしが話の向きを変えた。

「普通の肉じゃがやった。牛の切り込みと、玉ねぎ、ニンジン、糸こん。ジャガイモは男爵やった。ちょっと甘めに煮るのが、掬子のクセでなぁ」

手を止めて、流が遠い目をした。

「お父ちゃんのと同じやんか」

こいしが笑った。

「そういうもんや」

ファイルケースを閉じた流は、こいしが綴《つづ》ったノートを開いた。

「伊達さんが言わはるには、上等の肉やったらしいわ。当時は裕福に暮らしてたんやて。なんか好きになれへんなぁ、こういう話」

こいしが小鼻を歪《ゆが》めた。

「依頼を受けたんやから、好きも嫌いもない」

ノートから目を離さず、流がきっぱりと言った。

「それ、ヘタやけど山の絵やねん」

ノートの端に描いた富士山のような絵を、こいしが指した。

「山、か。山なぁ……。お父ちゃん、岡山へ行って来るわ」

流が地図を広げた。

「岡山？　捜してはるのは、広島のころの肉じゃがなんよ」

「両方行くに決まってるがな。けど岡山が先や」

流が地図を指した。

「岡山かぁ。おみやげはキビ団子やね」

こいしが流の肩を叩《たた》いた。

2

桜が盛りを迎えた京都は、混雑を極める。それを予測して久彦は新幹線の中から、タクシーを予約しておいた。

八条口の東の端で待つ、黒塗りのセダンに乗り込んだ久彦は、『鴨川食堂』の在り処《か》をドライバーに告げた。

「この仕事に就いて三十年になりますけど、そんな食堂は聞いたこともありませんわ。何ぞ名物でもあるんでっか？」

ルームミラー越しにタクシードライバーが訊いた。

「今日は肉じゃがらしいよ。日によって違うみたいだけど」

久彦は車窓を流れる京景色に目を細めた。

幹線道路も細い抜け道も、どこもが車で溢《あふ》れている。何度も腕時計に目を走らせて、久彦は眉をひそめる。

乗り込んでから十五分以上も掛かって、やっと辿り着いたときに、久彦は不機嫌な表情を隠せずにいた。

「釣りは要らないから、早くドアを開けてくれ」

慌ててドアを開けるドライバーを撥《は》ね退《の》けるようにして、久彦は『鴨川食堂』の前に立った。

「お待ちしてました」

気配を感じて、こいしが引き戸を開けた。

「ご連絡ありがとうございました」

久彦がベージュのスプリングコートを脱いで、店に入った。

「道、混んでましたやろ」

柔らかな笑みを浮かべながら、流が厨房から出て来た。

「ある程度は覚悟していたんですが」

黒いシャツ姿の久彦が肩をすくめた。

「今日はお腹の具合はどうです？」

「この時間ですから、それなりに」

十一時半を回ったばかりの柱時計を横目で見て、久彦が左の頬を緩めた。

「肉じゃがだけ、っちゅうのもなんですさかい、定食風にしますわ。白ご飯と一緒に食べてもろた方が、味もようわかりますしな。すぐに支度しますんで、ちょっとだけ待ってください」

顔を引き締めて、流が厨房に入って行った。

久彦はパイプ椅子に腰掛けて、バッグからスマートフォンを取り出した。

「ご覧になりますか」

久彦がこいしにディスプレイを向けた。

「フランス料理ですか？」

ディスプレイに目を近づけて、こいしが訊いた。

「舘野が試作してくれた、僕の思い出の肉じゃがですよ」

久彦が両頬で笑った。

「これが肉じゃがですか」

こいしが目を丸くした。

「肉は松阪牛のA5ランク、イモは北海道産のノーザンルビー、どちらも最高級品です。味付けに使った醤油は千葉県の下総《しもうさ》醤油、砂糖は和菓子に使う和三盆糖。もちろん母がこんな材料を使ったのではないでしょうが、今の僕からイメージすると、これくらいのレベルの肉じゃがだったんじゃないかと言ってくれて」

久彦が胸を張る。

「薄切りのロース肉で、この紫色のおイモを包んで食べるんですか。どう見ても肉じゃがやとは思えませんね」

こいしは鼻白んだ。

「お待たせしました」

折敷を持って、流が久彦の横に立った。

「こちらで出される料理をいただいてから、どちらを取材してもらうか決めようと思っています」

久彦がスマートフォンをバッグに戻すのをたしかめて、流が小ぶりの折敷をテーブルに置いた。

「これが、おふくろの……」

折敷に覆いかぶさるようにして、久彦は料理をつぶさに見た。

古伊万里のくらわんか鉢には、たっぷりと肉じゃがが入っている。鮮やかなコバルト顔料で線描された飯茶碗には、こんもりと白飯が盛られ、信楽《しがらき》の小皿に広島菜が載る。根来《ねごろ》塗りの椀からは湯気が立っている。

「あなたのお母さんが作ってはった肉じゃがです。ご飯は広島産の〈コシヒカリ〉。粘りのある米ですわ。これを軟らかめに炊くのが、あなたの好みやったそうです」

「僕の好み？　どうしてそれを」

「話はお食べになってから。お漬けもんは広島菜の古漬け。味噌汁は鯛のアラで出汁《だし》を取ってます。具は落とし玉子だけ。どれもあなたの好物ですやろ。ゆっくり召し上がってください」

一礼して流が席を離れると、こいしもそれに続いた。

久彦は最初に肉じゃがの匂いを嗅ぎ、大きくうなずいた。

箸を取り、肉じゃがの肉片を口に運んだ久彦は、嚙みしめて直ぐに首をかしげる。

ジャガイモと玉ねぎを食べて、右の頬を緩めた。思い直したように肉をつまんで、しげしげと眺めてから口に放り込む。また首を斜めにする。

椀を手に取って、味噌汁を啜る。短い吐息を漏らす。箸で玉子を崩し、椀を傾けると、左の頬を緩めた。広島菜を少し広げて、白飯を包むようにして食べる。今度は両の頬を緩めた。

一度、背筋を伸ばしてから、再び肉じゃがの肉片をつまみ上げ、ご飯に載せて口に運ぶ。何度も嚙みしめてから、久彦は箸を置いた。

「どないです？　懐かしおしたやろ」

益子焼の急須を持って、流が久彦の横に立った。

「お味噌汁も、お漬物も、ご飯も、すべて懐かしい思いでいただきました。でも、肉じゃがだけは違います。鴨川さん、この肉じゃがは僕の母ではなく、幸子さんが作ったのと同じです。僕が捜して欲しかったのは、実の母の作ってくれた肉じゃがでした。勘違いなさったようですね。残念ながら、捜し直してもらう時間はありません。もちろん探偵料はお支払いします。名刺の住所に請求書を送っておいてください」

久彦は立ち上がって、帰り支度を始めた。

「ちょっと待ってください……」

こいしが久彦と流の顔を交互に見ながら、うろたえている。

「ちゃんと覚えてはったんですな。おっしゃるとおり、これは伊達幸子さんが作ってはった肉じゃがです」

流が平然と言ってのけた。

「こんな肉じゃがを捜して欲しいなんて言ってなかったんですがね」

鼻で笑って、久彦がベージュのコートを羽織った。

「いえ、捜してはった肉じゃががこれなんですわ」

流が真っ直ぐに久彦の目を見た。

「おかしなことを言う人だなぁ。僕が捜していたのは、母の君枝が作ってくれた肉じゃが。これは幸子さんが作った肉じゃが。色もまったく違うし、別物じゃないですか」

久彦が早口で言った。

「別物やおへん。同じもんなんですわ」

「同じなわけないでしょう。母と幸子さんは別人なんですよ」

久彦が色をなした。

「急《せ》いてはるんでしたら、どうぞお引き取りください。ご意向に添わなんだんですから、料金は要りまへん。けど、わしの話を聞こうと思うてくれはるなら、どうぞ、おかけください」

流が久彦にやさしい笑みを向けた。

「別に急いでいるわけではありませんが」

久彦がコートを脱いで、渋々といった表情でパイプ椅子に腰をおろした。

「あなたのおっしゃったとおり、このレシピは幸子さんからお聞きしたもんです。せやから色は赤いことはおへん。けど、それ以外はまったく同じはずです。幸子さん、お元気になさってました。児島の町外れにある小さいお家を訪ねて来たんですわ」

赤いトタン屋根の平屋造り。小さな家の写真を流が久彦に見せた。

「まだ、この家に？」

驚いたように久彦が写真を手に取った。

「七年前に美帆さんが嫁がはってから、幸子さんはおひとりでこの家を守ってはります。あなたの部屋も、そのまま残してありました」

「……」

久彦の視線は一葉の写真にそそがれたままだ。

「この肉じゃがですけどな、実はあなたのお母さんの君枝さんが、幸子さんに託さはったレシピなんです。このノートに、どんな材料を使うて、どういう味付けをして、と、詳しいに書いてあります。無理を言うてお借りして来ました」

すっかり変色した大学ノートを、流がテーブルに置いた。

「〈久彦のたべもの〉。これをおふくろが？」

表紙のタイトルを一瞥し、久彦は急いで頁《ページ》を開いた。

「病弱やったお母さんは、あなたの面倒を最後まで見切れんことをわかってはったんでしょう。後添えになる幸子さんに託さはったんです。偏食気味やったあなたが、どんなもんを好んで食べたか、何が苦手やったか、ぜんぶ記してあります」

「母が幸子さんに……」

頁を繰りながら、食い入るようにして、久彦が字を追っている。

「肉じゃがは五頁目です」

流の言葉に、慌てて久彦は頁を戻した。

「豊島のある呉は肉じゃが発祥の地と言われてます。その呉式やとジャガイモは煮崩れせんようにメークインを使うんですが、お母さんの君枝さんは、島の近くの特産品、赤崎の馬鈴薯《ばれいしょ》を使うてはりました。〈出島《しょうどしま》〉という品種で、今でも人気のある馬鈴薯です。玉ねぎは淡路島産、お醤油は小豆島のもん。三十年近《ちこ》うも前に、こない食材にこだわってはったというのは、大したもんや。大事に育てられはったんですなぁ」

「この大和煮って、もしかしたら……」

ノートに目を釘付けにして、久彦がつぶやいた。

「そうです。缶詰ですわ。牛肉の大和煮。そこにも書いてありますけど、その頃の豊島では、質のええ牛肉を安定して供給する店がなかったんですやろ。あなたは脂身の多い肉が苦手やったらしいて、いつも同じ質を保てる赤身の缶詰を使うてはった。食品の倉庫会社を経営なさってたんやから、手に入れやすかったという理由もあるんでしょうな」

流が缶詰をテーブルに置いて続ける。

「ご両親の会話に大和煮という言葉が出て来た。それを聞いたあなたは山を想像してはったんでしょう。小さい子には大和てな言葉は浮かびまへんやろ」

缶詰に書かれた大和煮という文字を流が指した。

「それで山が」

手に取って久彦が顔を丸くした。

「あなたの記憶にあった肉じゃがが赤みを帯びてたんは、小さい時苦手にしてはったニンジンを、お母さんがすり潰して煮込んではったからです。けど、幸子さんに引き継ぐ時には、ニンジンを形のまま入れても食べはるようになった。色の違いはそういうことです。もうひとつ、ふたつの鍋があった時。一方に肉が入っとらなんだんは、大和煮やからです。火も通って、味も付いてますさかい、食べる前に入れてられたんでしょう。脂身もほとんどありませんし、煮込み過ぎると固ぅなると思わはったんでしょうな」

「今は霜降りの方が好きなんですが」

久彦が缶詰を手に取った。

「ええ肉の脂身は旨いもんですが、質が落ちるとあきまへん。歳《とし》と共に味の好みも変わるんですけど、幸子さんはお母さんからの申し伝えを、忠実に守ってはったんでしょうな。律儀な方です」

玄関先に立つ幸子の写真をそっと置いた。

「小さくなったなぁ」

久彦の瞳がわずかに潤んだ。

「広島菜の古漬け、落とし玉子の味噌汁は、筆跡が違いますさかいに申し送りやない。幸子さんが新たに書き加えはったもんやと思います」

流が急須を傾けた。

「こんなノートがあったなんて」

久彦がノートを閉じ、表紙をゆっくりと撫でた。

「あなたが食べてはった肉じゃがは、ふたつや無《の》うて、ひとつやった。ふたりのお母さんがリレーしてはったんです」

「幸子さんは、わざわざ僕の分だけ、別の肉じゃがを……」

宙に目を留めて、久彦はふたつの鍋を思い出している。

「けど、まぁ、今人気の女性誌に載せはるんなら、料理の賢人さんの方がよろしいやろ。さっき、チラッと拝見しましたけど、あなたのイメージに、よう合《お》うてます。缶詰の肉を使うてなこと、貧乏臭いですわな」

「……」

久彦は無言のまま、ノートの表紙を指でなぞっている。

「あなたが成功を収めて、活躍なさっていること、幸子さんはえらい喜んではりました。あなたの記事を切り抜いてスクラップブックに、びっしり貼ってはりました。毎年、暮れになったら多額の仕送りをなさっているそうですがな。感謝してはりましたで。けど、びた一文手を付けんと、きっちり残してはるそうです」

「建て替えるか、新しい家でも買えばいいと思ったのに」

流の話を聞いて、久彦が微苦笑した。

「息子が高みに登ったら嬉しい半面、今度はいつ落ちるか気が気やない。万が一そんな時が来たら、あなたに返さんならんと思うてはるんでしょう。血が繋がっていようが、いまいが、いつになっても子供の将来を案じる。それが母親というもんです」

諭すような口調で流が言った。

「いろいろとありがとうございました。この前の食事代と合わせてお支払いを」

久彦がこいしに顔を向けた。

「お気持ちに見合うた金額をこちらに振り込んでください」

こいしがメモ用紙を渡した。

「このノートと缶詰、持って帰ってもいいですか」

久彦が流に訊いた。

「どうぞお持ち帰りください。荷物になりますけど五缶用意してますんで」

流が久彦の目を真っ直ぐに見た。

「紙袋を用意しますわ」

こいしが書棚の扉を開ける。

「バッグに入りますから大丈夫です」

言うが早いか、久彦はバッグに入れ、しっかりと胸に抱いた。

「『キュービック』楽しみにしてます」

引き戸を開けて、こいしが久彦に言った。

「発売されたらお送りしますよ」

言葉を返した久彦の足元に、ひるねがのっそりと寄って来た。

「いいなぁ猫は。のんびりできて。なんていう名前だったっけ」

屈《かが》み込んで久彦がひるねの頭を撫でた。

「ひるねて言うんです。いっつも昼寝してるんで」

こいしがその横に屈むと、ひるねがひと声鳴いた。

「茜によろしゅう」

裾を払って立ち上がった久彦に、流が声をかけた。

「ぶしつけなことを訊くようですが、大道寺とはどういうご関係で？」

久彦が流に顔を向けた。

「亡《の》うなった家内の親友でしたんや。茜とは、わしらが結婚する前からの付き合いでしてな。妹みたいに思うてます」

「それで『料理春秋』に広告を」

納得したように、久彦がうなずいた。

「グルメ情報てな軽いもんやのうて、食のことをきちんと書いてる雑誌です。そこに広告を出したら真っ当な尋ね人が来てくれはる。ご縁のある方だけがここまで辿り着いてくれはる。そう思いましてな」

流が唇を一文字に結んだ。

「茜さんと『料理春秋』のこと、ちゃんと守ったげてくださいね」

こいしが頭を下げた。

一礼して久彦は西に向かって歩き出す。その背に向けて流が腰を折ると、こいしもそれに続いた。


「どっちの肉じゃがにしはると思う？」

店に戻るなり、こいしが流に訊いた。

「どっちでもええがな」

流がぶっきらぼうに答えた。

「この前の時は気にもかけてはらへんかったけど、今日はひるねの頭を撫でてはった。心境に変化が出て来たんと違うかなぁ」

腕組みしながらこいしが言った。

「ちょっとはお前も見る目ができて来たやないか」

「やっぱりお父ちゃんも気付いてたんや」

「当たり前や。それより、今晩夜桜見に行こか。花見弁当こしらえて」

「ええなぁ。お酒もたっぷり持って行こ。どこ行くん？」

「賀茂川の半木《なからぎ》の道の枝垂れ桜が見頃やそうなさかい、地下鉄で北大路駅まで行こうと思うとる」

「お母ちゃん、寂しがるかなぁ」

こいしが仏壇に目を遣った。

「弁当も三人分こしらえて、写真も持って行ったったらええがな」

流が厨房に足を向けた。

「そや、あれ持って行こ」

居間に駆け上がって、こいしがタンスの引き出しを開けた。

「何や？」

後に続いた流が覗き込む。

「お母ちゃんのお気に入りやった、桜で染めたストール。覚えてる？」

ピンク色のストールをこいしが胸に当てた。

「覚えてるに決まったぁるがな。信州へ旅行したときに買《こ》うてやったんやが、帰りの汽車の中に忘れて来よったんや。えらいことした、言うて掬子が泣き出しよって往生した。戻って来たときにもまた嬉し泣きしよって……」

流が瞳を潤ませる。

「うちは、お母ちゃん、ひとりでええな」

ストールを抱きしめる、こいしの頬を涙が伝う。

「掬子によう似て来たなぁ」

流が目を細めた。

―――本書のプロフィール―――

本書は、二〇一三年十一月に小学館より単行本として刊行された作品を加筆修正し文庫化したものです。

小学館文庫

鴨川食堂《かもがわしょくどう》

著者 柏井《かしわい》 壽《ひさし》

二〇一五年五月十三日 初版第一刷発行
二〇一六年二月一日 第五刷発行

発行人 菅原朝也
発行所 株式会社 小学館
〒一〇一-八〇〇一
東京都千代田区一ツ橋二-三-一
電話 編集〇三-三二三〇-五九五九
販売〇三-五二八一-三五五五
印刷所――――図書印刷株式会社

ISBN978-4-09-406170-3